社畜転生

貴族の五男

Y.A

ハルキ文庫

角川春樹事務所

本書はハルキ文庫の書き下ろし作品です。

目次

プロローグ　落馬事故

突然、雲一つない青い空のみが視界に入り、同時に草の匂《にお》いが鼻をくすぐった。

「……随分と綺麗《きれい》な空だな」

「オズワルト様！　ご無事でしたか？　こっ、これは……。クソッ！　馬具の管理人もグルだったのか！」

「そんなに大声で叫ばなくても、俺《おれ》は生きているさ……」

「俺？」

「……いや、僕は生きているよ」

生きてはいるのだが、落馬して頭を打った拍子にとんでもないことを思い出してしまった。

「オズワルト様ぁーー！」

それはこの俺、オズワルト・フォン・ヘッケンには前世があり、令和《れいわ》日本でしがないサラリーマンをしていた事実だ。

毎日毎日、休日出勤手当や残業代もつかないのに終電で自宅まで帰り、見事三十連勤を達成した。

たまに終電に間に合わずにタクシーで帰宅する時も、うちの会社がタクシー代など出してくれるはずもなく……。

安月給なのに、それでも特にお金の苦労もなく生活しているのは、あまりに会社に拘束《こうそく》されすぎて、余計なお金を使っている暇《ひま》がないからであろう。

まさにブラック企業そのものであったが、転職しようと思っても、その時間も、度胸もなかった。

終電がなくなり、自腹で帰るタクシーの中からいまだ電気が点《つ》いているオフィスビルを見ながら、まだ自分はマシなのだと、自分で自分を慰《なぐさ》める日々。

来世というものがあったら、もっとホワイトな環境でスローに生きていきたい。

たまにそんな風に妄想《もうそう》しながら働いていたある日、無駄に時間ばかり食う生産性皆《かい》無《む》な定例会議に出席しようと会議室に入った瞬間、頭が割れるように痛み出した。

続けて激しい眩暈《めまい》に襲われ、体のバランスを崩してその場に倒れ、天井を見上げる格好になってしまう。

立ち上がろうにも、体に力がまったく入らなかった。

こんなことは初めてだ。

激しい頭痛が続き、次第《しだい》にボヤけつつある視界には、チカチカと点滅する蛍光灯が見える。

二つつけてある蛍光灯のうち、片方がチカチカと点滅を繰り返しており、課長が『早く交換しろ！』と怒鳴《どな》っていたが、社内にそんな時間的な余裕がある人はいない。

そのうち時間があったらと、そのまま放置されていたのだけど、どうせ死ぬのなら課長に『俺は忙しいから、お前がやれよ！』と言っておけばよかった。

次はＬＥＤ蛍光灯にしてくれというのは、我が社では無理そうだな。

ＬＥＤは高価なので、総務部がいい顔をしないのは明白だ。

長い目で見れば、ＬＥＤの方がコスト面で得という理屈は、うちのようなブラック企業には通用しないのだから。

意識を保つのすら困難な状況の中、このまま死の暗闇《くらやみ》に飲み込まれるかと思ったら、まさか会議室の床の埃《ほこり》臭さではなく、青臭い草の匂いが鼻に入ってくるとは……。

とにかく不思議なことがあったものだ。

これは、死に際に見ている幻想……いや、俺にはオズワルトとしての記憶もあるので、これは現実なのであろう。

「オズワルト様、本当にお怪我《けが》はないのですか？」

「ほら、僕は大丈夫だよ」

急ぎ起き上がるが、怪我はしていないようだ。

ただ頭を打ってしまったので、俺……オズワルトの乳母子《めのとご》であるライオネルはとても心配していた。

彼がオズワルトの乳母子だとわかるのは、オズワルトの脳がそれを知っていたからだと思う。

もしそれがなければ、俺は記憶喪失者を装《よそお》わねばならず、そうならなかったのはとてもラッキーだった。

前世の記憶が戻ったからかもしれないが、今の自分の魂がオズワルトなのか、それとも鈴木史高《すずきふみたか》なのか、自分でもよくわからないちょっとあやふやな状態ではあるのだけど。

「よかったぁ……。ですが頭を打ったので、念のため医者に診《み》てもらいましょう。しかし……」

「馬具と鐙《あぶみ》を繋《つな》ぐ革のベルトの、表から見えない部分に切り込みかぁ……」

「はい……金具で隠れているベルトの裏側の部分に、巧妙に切り込みが入れてありました」

ライオネルが、近くに落ちていたベルトが切れて片方の鐙が取れた馬具を発見したのだ。

俺がしばらく乗馬練習を続けると、体の重みで革のベルトが切れるようにしてあったようだ。

「僕が乗馬の訓練を始めてすぐに革のベルトが切れたら疑われるから、しばらく馬に乗って鐙に体重をかけ続けなければ、ベルトが切れないようにしていたんだろう。そうしておけば、事故だと思われる可能性が高い」

「モゾフの奴《やつ》！　馬具管理の仕事に誇りはないのか！」

馬具を管理しているモゾフも、兄やその母親たちの言いなりというわけか……。

どうやら、今の俺が何者なのかという疑問は後回しにするしかないようだ。

ブラック企業で過労死……あの状況だと間違いなく、鈴木史高は急死したはず……したと思ったら、今度は大貴族の兄弟相克《そうこく》に直面するとは……。

どういうわけか今の状況が理解できるが、この体の持ち主であるオズワルトは、リユーク王国に仕《つか》える南方領域の雄ヘッケン辺境伯家の五男であり、上の兄たちやその母親に疎《うと》まれている。

そのため普段から注意をしていたが、まさかこのような手に出てくるとは……といった状況であった。

「しかし、俺を……じゃなかった。僕を殺してどうにかなるって話でもないのに……」

前世の記憶が戻った結果、どうしても鈴木史高の癖《くせ》で俺と言ってしまうな。

ライオネルが不審がるから……いや、もう面倒だな。

もう俺でいいか。

いちいち『僕』と言い直すのも面倒だ。

残念ながら、今の俺は鈴木史高の意識が強いというか、オズワルトの知識はあっても自覚はない。

ライオネルの動揺ぶりからして、もしかしたら落馬したオズワルトは死んでしまった可能性もある。

「このヘッケン辺境伯家の跡取りはバース兄上で、俺と他《ほか》の兄たちはその補佐をする。そうでなければ、五男でしかなく血筋もさほどよくない俺は、どこかの家に婿《むこ》入りするか、王都でしがない役人にでもなるかだ。次兄たちが俺を殺そうとする意図《いと》がわからない」

「その……オズワルト様は、文武両道の神童として評判が高いですから……ゾメス様たちの嫉妬《しっと》が……」

そういえば、このオズワルトの体はかなり優秀だったんだ。

今は人格が鈴木史高だから、そうではなくなる可能性もあるが、ライオネルのことも覚えていたから大丈夫か？

いや、待てよ。

むしろオズワルトが鈴木史高並の凡人である方が、その能力を嫉妬されないから、将来安全になるかもしれない。

「これからは、ちゃんと馬具のチェックも欠《か》かさないようにしないとな」

「はい、私も気をつけます」

俺が嫌いならそれでいいけど、殺されるのは勘弁だ。

兄弟同士で殺し合うなんて、中世のヨーロッパや日本の戦国時代でもあるまいし……。

「ライオネル、黒幕がどの兄上とその母親かは知らないが、本気だったのかな？」

「わかりません。怪我でもすればいい気味だ、程度の嫌がらせかもしれませんし、あわよくばと思ったのかも……」

「やっぱり俺は、王都で役人でも目指そうかな」

この領地に残ると命の危険があるのなら、その方がいいような気がしてきた。

「ともかく新しい馬具を……。モゾフが細工《さいく》していないものに交換しよう」

「そうですね。それがよろしいかと。その前に医者に診てもらいますけど」

乗馬の訓練を続けようと思い、ライオネルに新しい馬具を取りに行かせつつ、主治医のところに向かおうとしたのだが、どういうわけか、突然体が燃えるように熱くなってきた。

さらに……。

「発熱か？　体がフラフラして……駄目だ……また体が……」

「オズワルト様ぁーーー！」

突然全身が熱くなったあと、再び激しい頭痛と立っていられなくなるほどの眩暈に襲われ、そのまま俺は意識を失ってしまった。

もしかして俺は、今度は落馬が原因で死んでしまうのか？

まったく、貴族の子供になんて生まれてくるんじゃなかった。

というほど長い第二の人生ではなかったが、次はできればホワイトな境遇の庶民に生まれ変わりたいものだ。

『アイシャ、生まれたのはどっちだ？』

『元気な男の子ですよ、お館様《やかた》』

『そうか……。もし女の子なら、政略結婚の駒《こま》として使えると説明すれば、妻たちとその父親である重臣たちも、よからぬことを企《たくら》まないと思っていたのだが……』

『申し訳ありません。ご期待に添えませんでした……』

『いや、この子が跡取りであるバースを支えてくれる存在に育ってくれれば……。アイシャ、子を産んだばかりなのだから、体を大切にな』

『お館様、この子をヘッケン辺境伯家の子供と認めていただきありがとうございます』

俺は夢を見ていた。

結果的にその体を乗っ取ることになってしまったオズワルトが生まれたシーンが、

まるで映画のワンシーンのように脳内に流れてくる。

オズワルトの母は、領内に住む平民出身のメイドだった。

だったというのは、オズワルトの記憶によると、彼が五歳の頃《ころ》に病気で亡くなってしまったからだ。

母は身寄りがない孤児の出で、ヘッケン辺境伯のお屋敷で若くしてメイドとして働いていたところ、父のお手付きとなってオズワルトが生まれた。

当然兄たちとその母親たちからよく思われてはおらず、オズワルトの母は、他の母親たちのように実家である他の貴族や重臣家の後ろ盾《うしだて》があるわけではない。

病死とはされているものの謀殺された可能性も捨てきれないし、そうでなくても母のストレスは大きかったのであろう。

母が亡くなってからのオズワルトは、父に好かれるよう、勉学、武芸、教養、マナーの習得に励《はげ》み、元々才能もあったようで『神童』とまで呼ばれるようになっていた。

ただそんなオズワルトは、よくも悪くも社会の荒波に揉《も》まれていた鈴木史高、俺からしたら未熟というか危うい存在に思えた。

唯一の味方である父にいいところを見せようと、勉学や武芸に励み、世間の評判が良くなればなるほど、兄たちとその母親たちから疎まれ、憎まれるであろうことは容《よう》易《い》に想像できたからだ。

挙句《あげく》に、そんなオズワルトに嫡男《ちゃくなん》であるバースが好感を持ち始めてしまった。

自分の母親が、オズワルトの母親をいびっていたくせに……そういう脳天気さが、生まれながらのお坊ちゃまなのであろう。

ヘッケン辺境伯は、主家であるリューク王国から南方領域を任せられ、王家とも親《しん》戚《せき》関係にある大貴族であった。

だが、いかに父が大貴族の当主でも、絶対的な権力を持っているわけではない。

領地の潤滑《じゅんかつ》な運営のため、正妻である貴族の娘の他に、側室として重臣たちの娘を迎え入れ、ゾメス、セルドリック、ミハイルという名の兄たちも生まれていた。

表向き、ヘッケン辺境伯家は正妻が産んだ嫡男バースが継《つ》ぐことになっているし、他の兄たちはそれを支えることになっている。

なぜなら、バースの母親は貴族の娘で、ゾメスたちの母親は臣下の娘だからだ。

両親共に青い血、つまり貴族であるバースと、片親の血のみが青い血であるゾメスたち。

生まれた順番以上に、血筋の差は大きい。

だが内心では、ゾメスたちの母親たち、さらに彼女たちの実家である重臣家は、へッケン辺境伯家の家督を諦《あきら》めていなかった。

もし自分の娘が産んだ子供が家督を継げれば、それは実質ヘッケン辺境伯家を差配できる立場になれるということからだ。

こういうのを外戚《がいせき》の専横とか言うらしいが、なら母親の身分が低く、なんの後ろ盾もない俺は関係ないような気もする。

だが、この状況に危機感を抱いた父とバースはこう考えた。

才気溢《あふ》れる五男オズワルトをバースの有力な支持者兼重臣とし、他の兄たちというよりも、その後ろにいる重臣たちの野心を抑え込もうと。

父とバースがそう考えるのは勝手なんだが、当然重臣たちはそれに気がつく。

どうやら、馬具のベルトを切られたのにはちゃんとした理由があったようだ。

そこまでわかったところで、俺は急に覚醒《かくせい》した。

目を開けると、石造りの天井《てんじょう》が見える。

オズワルトの知識から、自分の部屋のベッドで寝ていたとわかった。

俺が気絶したあと、ライオネルが運んでくれたのであろう。

「……ライオネルか？」

「オズワルト様！　大丈夫ですか？　どこかお加減の悪いところは？」

「いや、目が覚めたらすっきりした」

「医者によると特に異常はなく、ただの疲労なので寝ていれば治るとのことだったのですが、本当に心配しました」

「それはすまなかったな、ライオネル」

乳兄弟《ちきょうだい》であるライオネルとは、物心つく頃からの幼馴染《おさななじみ》の関係にある。

産後の肥立《ひだ》ちが悪く、お乳の出が悪かった母の代わりに、父の命令でライオネルの母が乳母として俺にお乳をくれた。

五男で、母親が平民の俺に乳を与えると兄たちの母親や実家がいい顔をしなかっただろうに。

それだけ、ライオネルとその母親は信用できる人物とも言える。

もっともライオネルの実家は中堅家臣で、しかも彼自身も五男だ。

父は、重臣たちの癇《かん》に障《さわ》らない家格の、しかも嫡男筋ではない人間に、オマケの五男オズワルトの面倒を見させたとも言える。

（しかし、どうして俺は急に体が熱くなって意識を失ってしまったのだろう？）

人格がオズワルトから鈴木史高に切り替わったので、知恵熱でも出たのかもしれないな。

「オズワルト様、目覚《めざ》めたばかりで大変申し訳ないのですが、そろそろ夕食の時間です」

「夕食かぁ……」

正直なところ、あまりお腹《なか》が空《す》いていなかった。

「ヘッケン辺境伯家では、一族の結束を示すため家族全員で食事をとるというのが決まりですから……」

「一族の結束ねぇ……」

ライオネルの発言の語尾が濁《にご》るのもよく理解できる。

つい数時間前、俺が乗る馬の馬具に細工を施《ほどこ》して落馬させた犯人と、仲良し家族を演出するために一緒に食事をとる。

ある程度歳《とし》をとってしまった鈴木史高である俺からすれば、これほどの茶番はそうはないと思えてしまうのだ。

「事情が事情です。体調が戻らないという理由で、今日はご同席をお控えになるというのも致し方なしかと……」

「いや、もう体調は戻ったし、ここでこれ見よがしに休むとさらに俺の立場が悪くなる」

落馬事故を仕込んだくせに、もし俺が体調不良を理由に夕食を欠席などしたら、連中は殊更《ことさら》俺を無礼だと批判するはずだ。

腹は立つが、なに食わぬ顔で夕食の席に顔を出すのが一番差し障りがない……せっかくの別世界でも気を遣って、日本とそう違わないな。

「わかりました。ミーアに支度《したく》を手伝ってもらいましょう」

ライオネルが鈴を鳴らすと、室内に若い女性メイドが入って来た。

「オズワルト様、ライオネル様、ご用件はなんでしょう?」

「オズワルト様は夕食にご出席なさるそうだ。身支度を手伝って差し上げてくれ」

「畏《かしこ》まりました」

メイド喫茶《きっさ》のメイドとは違い、かなりメイド服が古臭くてスカートも長い。

彼女は、貴族に仕える本物のメイドさんであった。

オズワルトの知識によれば、ヘッケン辺境伯家の下級陪臣の娘で名前をミーアという。

長い金髪を頭の後ろで三つ編《あ》みにしており、年齢は十五~六歳ほど。

可愛《かわい》らしい顔をしており、日本なら女子高生相当なのにすでにメイドとして働いているのが、まさに異世界といった感じだ。

下級陪臣の娘たちにメイドをやらせるのは、嫁入り前の花嫁修業でもあるらしいけど。

「そういえば、ライオネル様。オズワルト様へのお見舞いが届いております」

「お見舞い？　誰《だれ》からだ？」

「それがその……。このお部屋の入り口の前に置かれておりまして……。メッセージカードに『お見舞い』とだけ書かれていました。これです」

ミーアが差し出した籠《かご》の中には、大き目のクッキーが数十個入っていた。

雑穀《ざっこく》で焼いたものなのか、正直なところ日本の市販品に比べると、あまり美味《おい》しくなさそうな……。

自然素材を用いた、オーガニックで健康的なクッキーという見方もできるが。

現にミーアは、とても食べたそうな表情をしているのが確認できた。

「あとで捨てておく」

「ええっ！　捨ててしまわれるのですか？　勿体《もったい》ないですよ、ライオネル様」

「ミーア、お前がオズワルト様付きになって一週間だったよな？」

「はい」

「忠告しておくが、オズワルト様が食べないなら自分が貰《もら》って食べてしまおう、なんて思わない方がいいぞ。多分そいつには毒が入っているからだ」

「毒ですか？」

「ああ。死にはしないだろうが、数日体調を崩したり、お腹を壊すぐらいは普通にある。あいつら、懲《こ》りずにこれをよくやるから、オズワルト様付きのメイドはすぐに辞めてしまうんだよ」

「そうだったんですね……」

「誰がくれたのかよくわからないけど、甘味なんて、メイドをしているような下級陪臣の娘からしたら滅多《めった》に食べられないご馳走《ちそう》だ。つい手を出して痛い目に遭《あ》い、オズワルト様付きは嫌だとルーザ様に申し出ると、『やはり下賤《げせん》な血が流れているオズワルトは、人に好かれないのですね』と、嫌味を言いながら配置転換をするって寸法さ。体調が悪くなったりお腹を壊したメイドたちが、オズワルト様に好印象を持つわけがない。ヘッケン辺境伯家の奥を預かるルーザ様は、オズワルト様と亡くなられたアイシャ様が大嫌いなのさ」

ルーザは父ヘッケン辺境伯の正妻で、跡取りであるバースの母でもある。

そして、リューク王国の大物法衣《ほうえ》貴族アモス伯爵《はくしゃく》家の出であった。

地方の大物貴族の正妻に、領地を持たず、中央で役職を持つ貴族の娘を送り込んでコントロールするなんてよくある話だ。

全部、オズワルトの記憶から得た知識だけど。

「ですが不思議なお話ですね。ルーザ様の息子であるバース様は、オズワルト様に自分を支持してもらい、跡継ぎであるご自分の立場を強化したいはずですが……」

「いかに身分が高くても、ルーザ様も感情がある一人の女性ってわけさ」

「感情ですか？」

「女性の嫉妬は怖いよな。亡くなられたアイシャ様はそれはお美しい方で、お館様のお気に入りだった」

「ああ、そういうことですか……」

ルーザからすれば、側室は仕方ないにしても、夫が屋敷で働いていた若く美しいメイドに手を出し、しかも生まれた子供を認知してしまった件が気に入らなかったわけだ。

しかし夫は辺境伯なので本人に文句も言えず、自然と俺と亡くなった母は、ルーザの憎悪の対象になった。

「じゃあ、このクッキーに毒を入れたのは……」

「いや、ルーザ様ではないことは確実だ。なぜなら、今のところルーザ様とバース様の地位は安泰。なのに、異母弟の食べ物に毒を盛るなんてリスクは冒さないさ」

ルーザからすれば、俺も他の兄たちも青い血が半分しか流れていない。

警戒《けいかい》はしているが、自ら手を出すような真似《まね》はしないか。

「馬具に仕掛けをした件と合わせて、ゾメス様、セルドリック様、ミハイル様の誰かというわけですね」

「正確には、お三方の母君たちだろう。いや、彼女たちの意を受けた実家に雇《やと》われた誰かか……」

「確かに、ゾメス様たちにそこまでする度胸はないと思います」

オズワルトの記憶にある次男ゾメス、三男セルドリック、四男ミハイルは、母が平民であった彼……今は俺か……を『生まれが卑《いや》しい』と、小バカにするのが精々だったからだ。

「バース様が、神童との誉《ほま》れ高いオズワルト様に期待するものだから、彼女たちの嫌がらせが激しくなってきた。でもバース様も、オズワルト様に自分の家督継承を支持してほしいなら、感情的にオズワルト様を嫌って嫌がらせをしているルーザ様をなんとかしてほしいがね」

「バース様は、ルーザ様を説得なさらないのですか？」

「バース様は、大変にお優しくて親孝行でいらっしゃる。実の母親であるルーザ様に意見なんてできないさ。自分の家督継承を誰よりも支持しているし、彼女に嫌われると、その実家であるアモス伯爵家の支援も受けられなくなるのだから」

オズワルトは、日常的に兄たちの母親たちから様々な嫌がらせを受けている。

だが、オズワルト本人にやりすぎると父であるヘッケン辺境伯から釘《くぎ》を刺されてしまうから、その周辺を狙《ねら》うわけか。

世話係のメイドに毒入りクッキーを食べさせて体調不良にしてしまうなんて、セコイ連中だな。

「たまに強力な毒が入っていて、メイドや使用人が死ぬこともあるので、ミーアは食い意地を張らない方がいいぞ。オズワルト様のメイドに推薦《すいせん》した私が罪悪感を覚えるし、お前を失うのは悲しい」

「わかりました。でも、クッキー、食べたかったなぁ……。そうだ、オズワルト様。急ぎ着替えをしませんと」

「ああ……。家族との夕食に出なければいけないからだね。ところで一ついいかな？」

「はい、なんでしょうか？」

「いやあ、その。ライオネルって結構際どい話をしていたんだけど、ミーアがそれを聞いてしまって大丈夫かな？」

元々乳兄弟であり、さらにご覧のあり様なので、オズワルトとライオネルは一蓮托生《いちれんたくしょう》の状態にあり、今のように際どい話を平気でし合う関係だ。

だがミーアは、俺の傍《そば》に仕えてまだ一週間しか経《た》っていないメイドでしかない。最悪、彼女が今の話を兄たちの母親に漏《も》らす懸念《けねん》もあった。

「ああミーアですか？　彼女は私の幼馴染なので大丈夫です。ついでに言うと許嫁《いいなずけ》でもあるんですよ。オズワルト様付きのメイドたちが嫌がらせで次々と配置転換してしまうので、私がミーアを推薦したんです」

「そうだったのか……」

ライオネルは俺とそう年齢も違わないはずなのに、もう婚約者がいるのか……。さすがは、西洋ファンタジーっぽい世界だ。

「着替えを手伝ってくれ」

「畏まりました」

「下手に遅れると、ゾメス様たちのみならず、母君様たちからも嫌味を言われますからね。急ぎましょう」

しかし、夕食をとるだけなのにわざわざ着替えをしなければならないとは……。

そして、実感のない家族との夕食か。
大変そうだが、オズワルトの記憶を頼りにボロを出さないようにしなければ。

第1話　偽《いつわ》りの団欒《だんらん》

ライオネルを後ろに従え、俺《おれ》は自室を出て食堂へと向かった。

自室のある三階から一階へと階段を降りていくと、石造りの階段や床には真《ま》っ赤《か》なカーペットが敷かれ、ヘッケン辺境伯家の家紋が金糸などで刺繍《ししゅう》された、豪華なタペストリーが壁にかかっている。

まるで小城のようなヘッケン辺境伯家の造りはオズワルトの記憶にあり、食堂まで迷うことなく到着することができた。

「では、私はここで」

当然だが、家族ではないライオネルは食堂に入れない。

兄やその母親たちに付き従うメイドや従者たちと共に、夕食が終わるまで入り口で直立不動のまま待たなければならないのは辛《つら》いと思う。

それは申し訳ないが、これまでしがないサラリーマンとしてろくな食事をしてこなかった俺としては、この夕食がやっと、転生して初めての楽しみとも言えた。オズワルトは貴族の子供なので、少々の嫌がらせを我慢すれば裕福な生活が送れるかもしれないのだ。

さすがは、大貴族家の夕食の席といったところだ。

食堂には長いテーブルが置かれ、長く真っ白なテーブルクロスが敷かれている。

その上には、金の器に入った果物、金の花瓶に入った花、金の燭台《しょくだい》が置かれ、蠟燭《ろうそく》の炎が天井のシャンデリアと共に部屋を明るく照らしていた。

(俺は、ルーザと向かい合わせ……だったな……)

当然だが、夕食の際の席順は厳密に決まっている。

いわゆるお誕生日席と呼ばれる席には、このヘッケン辺境伯家の当主である父ドワルトが座り、家族全員を見渡せる格好だ。

オズワルトの記憶どおりの容姿で、西洋人風で小太りの中年男性である。

髪の色はダークブラウンで、オズワルトの記憶によると、ヘッケン辺境伯家の一族の特に男子は髪にこの色が出やすい。

オズワルトの髪の色もダークブラウンであり、俺は父親似なのか？　となると、中年以降はお腹に気を付けないと。

その右隣《みぎどなり》に嫡男《ちゃくなん》のバース。

中肉中背でそこはかとなく父親に似ているが、若い分温和で人が良さそうに見える。

生まれの良さからか品のようなものも感じるが、その分気が弱いというのがオズワルトの記憶だ。

バースの向かい側、父の左隣《ひだりどなり》には次男ゾメスが座っていた。

少し背が低く、団子鼻で、横幅があるが、太っているようには感じない。

固太りで筋肉が多くて力があり、大斧《おおおの》の使い手。

彼は第二夫人の子で、その父親はヘッケン辺境伯家の従士長リフト家の出だ。

つまり、ゾメスの祖父はヘッケン辺境伯家の諸侯軍を率《ひき》いる重臣であった。

さらに、バースの右隣の席には三男セルドリックが座る。

彼は背は高いがとても痩《や》せており、顔色も良くないように見える。

だが別に不健康というわけではなく、生まれつきである。

彼の母親である第三夫人は、ヘッケン辺境伯家の財政を担《にな》っているデーナー家の出身であった。

次に、ゾメスの左隣に座っている目立たない金髪で中肉中背の青年は、四男のミハイル。

母親である第四夫人の父は高位の神官にして、ヘッケン辺境伯領内の教会を統率する重臣でもあった。

この世界では、現在の日本のように無宗教が多数派を占めるわけではなく、教会が大きな力を持っている。

しかも、ミハイルは魔法を使えるのだ。

そう、この世界には魔法がある。

オズワルトの記憶があるので俺はそこまで驚かなかったし、残念ながらミハイルは小さな『火種』を出すくらいしかできないが。

そして、彼の髪の色は金。

ヘッケン辺境伯家の男子の髪色はほとんどがダークブラウンであり、そうでないと血が薄いと言われて肩身が狭い。

ミハイルにとって、それが最大のコンプレックスなのは想像が容易《たやす》い。

だから彼は、母親が平民である弟オズワルトの髪の色がダークブラウンであるので、俺を憎んでいる。

まだ十二歳でしかないオズワルトがそこまで気がついているということは、彼がかなり優秀なのと、今日の落馬事故のように、手を替え品を替え様々な嫌がらせをされてきたことの証拠だ。

とにかく、ミハイルの魔法は中途半端で、髪の色は金だ。

ミハイルは、母親と彼女の実家の人間以外からは期待ハズレだと思われているため、暗く、常に鬱屈《うっくつ》しているように見える。

それでも彼は、俺たち兄弟の中で唯一魔法が使える。

母親である第四夫人とその実家であるベン家は、それを利用してミハイルを次の当主にしようと画策していた。

ベン家は、領内の教会を差配する立場なので力もあったからだ。また、魔法を使えるということは、この世界ではどうも非常に希少価値があるらしい。

以上のような理由で、ヘッケン辺境伯であるドワルトとその嫡男であるバースは、必ずしも家内で独裁的に振舞えるわけではなかった。

というのが、オズワルトの記憶である。

水面下では、次男以下のその実家と長男との、次期当主を巡《めぐ》っての争いが続いているというわけだ。

ゾメスたちは、表面上は嫡男バースの次期当主就任を認め、その補佐を務《つと》めると公言している。

だが内心では、自分こそが次のヘッケン辺境伯に相応《ふさわ》しいと思っているのだ。

いや、母親と実家とその支持者たちにそう思わされていると言った方が適切か。

そういう事情をオズワルトから知ると、家族の団結を家臣たちに示すための夕食の席が、とんだ茶番に見えてしまう。

（で、セルドリックの右隣が俺か……）

俺……オズワルトは五男なので、男子の中では末席だが、席順はかなり上の方だ。

（うわぁ……。これは飯の味がわかりにくそうだ……）

給仕役の使用人が引いた椅子《いす》に座ると、俺の向かい側の席に正妻であるルーザが座っていた。

オズワルトを産んだ母親亡き今、俺……オズワルトからすれば彼女は義母にあたる人物であり、食事の席次も女性では彼女が一番上位であった。

ここは中世ヨーロッパ風の世界だからか、男尊女卑の傾向が強いようだが、向かい側の席で俺に対し穏やかな笑みを浮かべるルーザは、内心それが不満で堪《たま》らないようだ。

半分平民の血が混じっている俺が、女性とはいえ、アモス伯爵《はくしやく》家の血を引く自分よりも上座に座っているのだから。

彼女の顔は笑っているが、俺に対しひと欠片《かけら》の好意も持っていないのは、オズワルトの記憶からもあきらかであった。

「そういえば、オズワルトさん」

ルーザの完璧《かんぺき》な笑顔の一部が、ごくわずかに歪《ゆが》んだように感じた。

すぐに元に戻ったようだが、彼女は俺の名前を呼ぶことすら不快なんだろう。

なぜなら彼女は、自分の夫が若い平民のメイドに手を出し、挙句《あげく》に子供まで産ませてしまい、さらにその子、俺を認知してしまった事実が今も許せない。

こういう時に一瞬口の端が歪んで、その本性が知れるわけだ。

(若い、それも平民のメイドと浮気され、さらにそのメイドが産んだオズワルトから『義母上《ははうえ》』なんて呼ばれたら、女性としては……か)

「オズワルトさん？」

「あっ、はい。なんでしょうか？　義母上」

「今日、落馬をして、部屋で寝込んでいたと聞きました。お加減の方は大丈夫なのかしら？」

「義母上、ご心配いただきありがとうございます。〝僕〟はもう大丈夫です」

「それは良かった」

白々しい、義理の親子の会話が続く。

というのも、俺を殺したいほど憎んでいるルーザが、本気で落馬した俺を心配するわけがないからだ。

（むしろ、一番に聞いてきたということは、もしや馬具のベルトに切り込みを入れさせたのは……。いや、ルーザの仕業《しわざ》という確証はないか……）

結局のところ、オズワルト……俺が落馬した原因である、馬具のベルトに切り込みを入れさせた黒幕は判明しそうにない。

状況的に考えて、第二夫人、第三夫人、第四夫人、バース以外の兄たちだろうか？

容疑者候補があまりに多すぎるし、今の俺には犯人探しをしている余裕がない。

それよりも、今日のようなイタズラを仕掛けられないように注意しなければ。

「この時間まで自室で寝ていたようなので、心配だったのです。たまに打ち所が悪くて亡くなる方がいると聞きますから」

「落馬した直後はなにもなかったのですが、すぐに体が燃えるように熱くなり、頭痛と眩暈《めまい》で立てなくなってそのまま意識を失ってしまいました。ですが、少し寝たらすぐに治ったようです」

「体が熱く？」

「あっ、はい。落馬をしたショックで、少し熱が出たのかもしれません」

「……そういうこともあるのでしょうね」

これまでおおむね一分の隙《すき》もない笑みを浮かべていたルーザだったが、俺が意識を失う前の話をしたら、少し動揺しているように見えた。

俺が具合が悪ければ嬉《うれ》しいはずなのに、どうして急に笑顔に影が出たんだ？

憎い俺が寝込んでいたんだ。

素直に喜べばいいのに。

「オズワルトに大したことがなくてよかったな。では、食事にしよう」

父の合図で、夕食が始まった。

テーブルの上にある銀の食器を見ると、やはり大貴族なんだなと思ってしまう。

銀の食器は毒物が入っていると色が黒ずむので、毒殺を防ぐために重宝されたなんて話も聞いたことがある。

そして夕食のメニューも、大貴族に相応しくフルコースのようで、まずはスープが提供された。

透《す》き通っているので、コンソメスープの類《たぐい》であろうか？

（マナーがわからん……。でもないか）

貧乏《びんぼう》サラリーマンである俺のテーブルマナーに関する知識など怪しいものであったが、オズワルトの体が覚えているようだ。

前の席のルーザの表情に、俺に対する侮蔑《ぶべつ》や憂《うれ》いはない。

（と思ってしまうということは、オズワルトは毎晩、ルーザの視線に晒《さら》されながら夕食をとっているということか……）

もし少しでもマナーが悪かったら、『これだから、平民の血の混じった子は……』と窘《たしな》められてしまう。

だからこそオズワルトは、十二歳にして完璧なマナーを体に染《し》み込ませていた。

覚えるというレベルを超えているからこそ、意識が俺になってもマナーに隙がないのだと思う。

正直助かった。

（……スープが塩辛いな。旨味《うまみ》も薄いような……）

貴族の家で出されるフルコースなのでさぞや美味《おい》しいのだろうと思ったら、実はそうでもなかった。

現代日本とは違い、健康のために減塩が叫ばれているわけではないからか。

とにかくスープが塩辛いのだ。

(塩辛いほど贅沢《ぜいたく》って……。なんだよ、それは)

改めてオズワルトの知識を確認すると、ヘッケン辺境伯領には海がないが、領内にあるフート山脈に岩塩の一大採掘地があり、他領や他国に輸出する主要な交易品《こうえきひん》となっていた。

人間は、塩がないと生きていけない。

ヘッケン辺境伯領と隣接するか、近くにある土地は、高価な岩塩を輸入するしかなかった。

交易で海の塩や他の産地の岩塩も手に入れられるが、塩の価格は輸送距離に比例する。

結局、近場のヘッケン辺境伯領から岩塩を輸入するのが一番安く済むのだ。

(岩塩は高価で貴重な品であり、ヘッケン辺境伯領の富の源泉。だからって、殊更《ことさら》料理に沢山《たくさん》使って、来客や家臣たちにアピールする必要あるのか?)

どうせ料理に沢山塩を入れたところで、それが見えるってものでもないのだから。

それよりも、毎日こんなに塩辛いものを食べていたら生活習慣病になってしまいそうだ。

なにより、全然美味しくない。

(塩辛いだけで、旨味もなにもないスープだな)

動物性の食材から出汁《だし》を取っているようだが、とにかく旨味が足《た》りない。

材料が悪いのか、調理方法が悪いのか。

あえて、贅沢の象徴《しょうちょう》である塩辛さを前面に押し出すためなのか。

「オズワルトさん、どうかなさいましたか?」

「ああ、いえ。今日もいい出来のスープだなと」

「ヘッケン辺境伯領産の高品質な岩塩をふんだんに使ったスープですからね。オズワルトさんにもわかりやすい美味しさでしょう」

ただ塩辛いだけで美味しくないが、まさか塩辛くて不味《まず》いとは言えない。

もし正直に言ってしまうと、ルーザから『これだから平民の血は……』。我がヘッケン辺境伯家では、スープは塩辛いほど尊《とうと》く美味なのに……』などと嫌味を言われることが確実だからだ。

(辛いなぁ……)

料理を残すとマナー違反なので、どうにか塩辛いスープを飲み終えた。

頻繁《ひんぱん》に水を飲むのもマナー違反であり、これが毎日続くと辛い。

スープを飲み終えると次の皿が出てくるが、フルコースで見た目も悪くないのに全然美味しくなかった。

野菜はクタクタになるまで茹《ゆ》でられ、肉も火を通しすぎているようでパサパサだ。それを補《おぎな》うためかどんな料理にもソースがかかっているのだが、やはりこれも塩辛く、脂《あぶら》っこさも加わっており、俺のフルコース料理に対する幻想は一気に消え去った。

「デザートです」

最後にデザートが出た。

ドライフルーツを用いたシュトーレンのような焼きケーキだが、今度は歯が溶けるのではないかと思うくらいに甘い。

甘ければ甘いほど贅沢という、この世界の王族、貴族たちの観念を具現化したようなものであった。

オズワルトの知識によると、この世界において甘味はかなりの贅沢であり、だからこそ王族や貴族は毎日甘い物を食べるようだ。

そして、甘味を多く使えば使うほど贅沢だと思われる。

俺に言わせると、ちょうどいい甘さってものがあるし、使用した甘味料の量が見えるわけでもないのに、と思ってしまう。

（ふう……。ようやく食べ終わった……）

とにかく苦痛だったが、どうにか残さず全部食べられた。

そんな食事が終わり、まずは父から席を立った。

上座の人から席を立つのが決まりだからだ。

続けて、バース、ゾメス、セルドリックと席を立ち、最後に物静かなミハイルが席を立つ時、彼がボソっとこう呟《つぶや》いた。

「もう遅い。『老齢の不発』とは傑作《けっさく》だ」

ミハイルは、あきらかに俺を見ながらそう言った。

それも見下すような目つきで。

（『老齢の不発』ってなんだ……？）

彼は、夕食が始まってから俺に対し視線すら送らなかったのに、なにが言いたかったのであろうか？

「オズワルトさん？」

「失礼しました」

俺が席を立たないと、ルーザも席を立てないのだった。

次の者を待たせてはマナー違反になってしまうので、俺も急ぎ席を立ち食堂をあとにする。

「オズワルト様、今日の夕食はいかがでしたか？　私も一度でいいからヘッケン辺境伯家のフルコースを食べてみたいんですよねぇ」

「憧《あこが》れている間が幸せかもよ」

「？？？？？」

今日突然、会社の会議室から、これまで見たことも聞いたこともないような世界に飛ばされ、さらにオズワルトという少年に乗り移ってしまったので、ボロが出ないように慎重に行動するしかなかった。

しかし、これから毎日こんな生活を送るのかと考えると頭が痛くなってくる。

オズワルトは貴族の子供なので裕福な生活が送れるかもと、期待に胸を膨《ふく》らませたのはほんの一瞬であり、彼の立場はかなり危ういし、食事も美味しくなかった。

しかも、ほとんどの家族に嫌われているのは救えない。

これは早急に、対処していかなければ。

もしかしたら、そのうち目が覚《さ》めて、倒れた会議室から救急搬送された病院のベッドの上だった……らよかったんだけど、とにかく今は、この世界でオズワルトとして生きていくしかないのだから。

第2話　魔法

「ライオネル、老齢の不発とはなんだ？」

「それって、誰《だれ》の発言ですか？」

「ミハイルだ」

「ミハイル様ですか……。ああ、魔法使いの不活性化のことでしょうね。あの方は一応魔法使いなので、後天的に魔力に目覚《めざ》めて魔法が使えない人を、そう言ってバカにするんですよ……って！　もしやオズワルト様がそうなんですか？」

「魔法使いの不活性化？　ああ、そういうことか。ミハイルの言い方が独特なので気がつかなかった」

自室に戻ってから、ライオネルにミハイルの発言の意図《いと》を尋《たず》ねると、彼が自分なりの推論を話してくれ、俺《おれ》の頭の中にあるオズワルトの記憶が、それは間違っていないと確信した。

この世界には魔法と、それを使える魔法使いが存在するが、その数はとても少なく貴重だ。

魔法使いの才能がある者は、幼少の頃《ころ》に突然魔力が発露する。

体が燃えるように熱くなり、激しい頭痛と眩暈《めまい》に襲われて数時間意識を失って……

ああ、夕食前の俺じゃないか。

ただ、魔力の発露は十歳以下で起こるのが普通で、俺のように十歳を超えてから発露しても魔力が少なく、魔法が使えない人が大半であった。

そして、魔法使いにはもう一つ特徴がある。

魔法使いは、同類、同じ魔法使いを察知することができる。

だからミハイルは俺を見下すように言ったのか。

(つまり俺は、魔法使いにはなった、ということみたいだな)

「ミハイル様が魔法を使え、母君であるラーレ様の実家が領内の教会を取り仕切る重臣家なればこそ、まだ次期当主候補としての芽が残っておりますからね。オズワルト様に魔力が発露したものの、すでに遅きに失しており魔法は使えないはず。そう思っての発言でしょう」

「とはいえ、ミハイルも『火種』を出す程度の魔法しか使えないんだろ」

「それでも、魔法使いは貴重ですからね。ベン家からすれば希望の光なのですよ」

「そう思うのは好きにしてほしいが、ミハイルのあの発言。彼は魔法使いゆえに、俺の魔力が発露したことに気がついたわけか」

「間違いなくそうだと思います」

「ライオネル、倉庫から『魔力見の水晶』を持ってきてくれ」

「わかりました」

ライオネルが俺の部屋を出て、倉庫へと走って行った。

魔力見の水晶とは、その人に魔力があるかどうかを確認……いや、それは語弊があるか。

この世界に住む人たちは、魔法使いでなくても微量の魔力をその体に秘めている。

だが、その程度の魔力では魔法は使えない。

魔力見の水晶は魔法が使える魔力を持つかどうかを確認できる魔法道具であり、この世界では国や貴族がこれを用いて魔法の才能がある人を探す。

とはいっても、魔力見の水晶を使うのは、子供が激しい頭痛と眩暈《めまい》を感じて意識を失ってからだ。

子供は突然病気になったり、高熱が出て倒れたりするので、どちらかを見分けるために。

特に平民の家の子供に魔力が発露したのに見過ごされるケースが多く、そのため国や貴族は臣民や領民に魔力見の水晶で検査を行う。

これがあれば簡単に魔力持ちかどうかわかるので、魔力見の水晶を持った者たちが定期的に領内中を巡り、十歳以下の子供全員を検査するのだ。

ヘッケン辺境伯領でも子供が高熱で倒れたという情報が入れば検査が行われ、ミハイルがヘッケン辺境伯家で唯一の魔法使いだと確認されていた。

彼は魔法で『火種』しか出せないが、それでも魔法使いは貴重な存在なので、家中での立場は悪くない。

少なくとも、オズワルトよりは上だ。

ミハイルの祖父であるホルスト・ベンが、教会の力を背景に彼を次期当主にしようと画策するくらいには立場が強かった。

「オズワルト様、魔力見の水晶を持ってきましたよ、さあ」

「ありがとう」

ライオネルが倉庫から持ってきた魔力見の水晶をテーブルの上に置き、それを両手で包み込むように触る。

　これだけで、魔法使いなのかわかるのが凄《すご》い。

　オズワルトは体が頑丈なのか高熱で倒れたことがなく検査を受けたことがなかった。

　記憶というか、検査のことは知識として俺は覚えていたのだ。

（オズワルトには出なかった魔法使いの才能が、意識、魂か？　それが俺に変わったら出たというのか？　どちらにしてもこの魔力見の水晶に触れてみればわかる……）

「なんだ？　眩《まぶ》しいぞ！」

　俺の両手の平が魔力見の水晶に触れた瞬間、眩《まばゆ》いばかりの光を発して俺の視界を奪った。

　慌てて目を瞑《つむ》るが、それでも眩しさを感じてしまうほど光量が強い。

「オズワルト様、魔力見の水晶から手を離した方がよろしいかと」

「そうだった」

　急ぎ魔力見の水晶から両手を離すと、あれほど眩しかった光が一瞬で消えてしまった。

「オズワルト様、これほどの光が発せられるということは……」

「少なくとも俺に、魔法使いになれるほどの魔力が発露したようだな」

魔力見の水晶に魔法使いが触れると、魔力が多い人ほど眩しく光る。

「だが同時にミハイルは、俺に対し老齢の不発とも言った」

魔力が発露したが、俺はもう十二歳だ。

十歳を超えて魔力が発露した人は、魔力量が多くても魔法が使えない人がほとんどだ。

「使えない魔力に意味はない。ミハイルは、『火種』を魔法で出せる自分の方が優れているると言いたかったんだろうな」

彼は、剣も、勉学も、乗馬も、マナーも、すべて普通で凡庸《ぼんよう》な人物だ。

ゆえに、彼のプライドの根幹は魔法にあった。

たとえ、『火種』しか出せなくてもだ。

「それが今日突然、オズワルト様に魔力が発露してしまった。焦《あせ》ったとは思いますが、オズワルト様の年齢を考えれば、魔法は使えない可能性が高い」

「そういうことだろうな」

ミハイルからしたら、俺は魔法が使えない方がありがたい。

いや、そうでなければいけないのだ。

「ところで、オズワルト様は魔法が使えると思いますか？」

「わからない。練習をしてみないことにはな」

「オズワルト様はすでに十二歳。かなり確率は低いかと……。確か基礎的な魔法の本が、このお屋敷の書庫にあったはずです。明日、それを見ながら確認すればよろしいのでは？」

「試してみるか」

「是非そうしましょう」

多分駄目だろうから、次男以下の兄たちと、ルーザ以下父の妻たち……俺の義母たちから嫌がらせを受け続けるこの環境を魔法なしでなんとかしないと。

このままでは、ストレスでまた倒れてしまいそうだ。

あと、あの塩辛いスープ、甘ったるいデザート、脂《あぶら》っこいソースを食べ続けたら、若くして生活習慣病になってしまいそうなので、これの対策も必要だな。

(今すぐにでも、ここから逃げ出したいが……)

問題は、俺がオズワルトの体でどうやってこの世界で生活するかだ。

少なくとも成人……この世界の成人年齢は十五歳だから、あと三年はあるのか……するまでは、この領地を出られない可能性が高い。

ならば今は、剣術、乗馬、各種勉学に励みつつ、将来のことを計画的に考えなければば。

もし今夜ベッドに入って目が覚めたら、会社だったなんてことは……ないだろうな。

俺が会社の会議室で倒れた時、確実に死に至る病になっていたはずだ。

あの頭が割れるような頭痛は、過度の疲労からくる脳出血である可能性が高く、鈴木史高は過労死してしまった可能性が高い。

そしてどういう理由かは知らないが、同じく落馬事故で亡くなったオズワルトの体を乗っ取った。

運がよかったのは、俺にオズワルトとしての記憶、知識、身体能力があることか。

だがまだ十二歳なのに生母を亡くし、嫡男《ちゃくなん》以外の兄弟と義母たち全員に嫌がらせを受け続け、その背景がすべて理解できているとは……。

可哀想《かわいそう》に、頭が良いというのも時には考えものかもしれない。

(幸いというか、俺は令和の日本で庶民の家に生まれた平凡な社畜でしかない。ヘッケン辺境伯家の家督には興味ないし、あの家族とずっと生活を共にするのも嫌だ。今のうちに独り立ちできる能力と資金を手に入れ、領地を出て生活できるようにしなければ)

せっかく大貴族の子供に生まれ変わったというのに、こんなにも内部がギクシャクしているとはな。

貴族ってもっと煌《きら》びやかだと思っていた……見た目はそうだが。嫌がらせで殺されてしまっては堪《たま》らない。

なにより飯が不味《まず》い。

この世界では豪華な食事らしいが、肉は火を通しすぎでパサパサなのに、それにかかっているソースは脂っこく、全体的に塩辛い。

塩辛い料理を食べることが裕福な証《あかし》だなんて、あいつらそのうち脳の血管が切れて死ぬぞ。

「今日はもう疲れた。早めに休ませてもらうよ」

「今日は、落馬をしてしまいましたからね。早めに体を休めた方がいいと思います。オズワルト様、おやすみなさいませ」

「おやすみ」

「おやすみなさいませ」

ライオネルとミーアに就寝の挨拶《あいさつ》をしてからベッドに潜《もぐ》り込む。

あの時は意識を失って寝かされていたから気がつかなかったのか、その柔らかさに驚愕《きょうがく》した。これだけは、オズワルトに生まれ変わってよかったかもしれない。万年床で干す暇《ひま》もなかった煎餅《せんべい》布団とは雲泥《うんでい》の差だ。と、ベッドの寝心地の良さに浸っていると、突然他人の体に乗り移り、緊張の連続だったせいか、すぐに強烈な眠気に襲われた。

(明日からは、一日も早くこんな家から出られるように努力しないと……眠いな……)

こうして令和日本の社畜鈴木史高の、ヘッケン辺境伯家の五男オズワルト・フォン・ヘッケンとしての一日が終わるのであった。

そういえばまだお風呂《ふろ》に入っていなかったが、この世界にお風呂は……さすがにあるよな?

明日はこの世界のお風呂事情についても……おやすみなさい。

「おはようございます、オズワルト様」

「おはよう、ミーア」

「着替えをお持ちしました」

「ありがとう」

目を覚ますと石造りの天井が視界に入り、カーテンが開けられ、窓から差し込む日の光を感じた。

世界の中心にあるとされているワース大陸南部にあるリューク王国に属するヘッケン辺境伯領には四季はあるものの、冬は短くそこまで寒くならない。

オズワルトの記憶だと今は春だが、まるで初夏のような温かさだ。

身支度と着替えが終わると朝食なのだが、夕食のように家族全員でとるようなことはしない。

ヘッケン辺境伯家の人間は全員が忙しく、だからせめて夕食を一緒にとる。

そしてそれこそが伝統、という考えだ。

「オズワルト様、朝食です」

「ありがとう」

パン、スープ、塩漬けの魔獣の肉を焼いたものと野菜を茹《ゆ》でたものが朝食だった。

この世界の基準で言うとかなり豪勢なメニューだが、やはりスープにも、豚肉に味が似ている肉にも岩塩が大量に使われており、とても塩辛かった。

ヘッケン辺境伯領の名産が岩塩なのはもう理解できたので、いい加減薄味にしてくれないかな。

このままだと、舌がバカになってしまいそうだ。

「さて、書庫に向かうかな」

「お供します」

オマケの五男とはいえ、貴族であるオズワルトには普段の勉強もあるし、武芸や乗馬、貴族としてのマナーを教わる時間もある。

だが、今日は運よくなにも予定がなかった。

それでも空いた時間には自主的に勉強をしていたオズワルトの癖《くせ》で体は動く。なにより俺に魔法が使えるかどうか試さなければならない。

朝食を終えた俺は休むことなく、ライオネルを連れて書庫へと向かった。

「『魔法大全』ねぇ……」

「オズワルト様、魔法が使えるといいですね」

「一応念のためめってやつだけどな」

十歳を超えて魔力に目覚めても、ほぼ全員が魔法を使えないからな。

昨晩ライオネルから聞いた『魔法使いの不活性化』。

俺がそうなので、ミハイルが俺をバカにしたわけだ。

どうしてオズワルトの魔力が突然目覚めたのか？

やはり、俺の人格が乗り移ったからだろうな。

他《ほか》に考えようがない。

それならかなり特殊な例なので、もしかしたら魔法が使えるかもしれないと、俺は書庫に置いてあった分厚い本を開いた。

この世界では、本はとても高額で財産扱いされる。

書庫に多くの本が置かれているということは、ヘッケン辺境伯家が富裕な証拠であった。

そして、貴族は時間があれば本を開いて勉強する。

ただ、この魔法大全という本はほとんど読まれていないようで、新品に近かった。

「ミハイルは、この本を読まないのかな？」

「ええと……すでにミハイル様の魔法の才能は決まってしまいましたので……」

『火種』しか出せなかったんだよな。

だから、色々な魔法の使い方を学んでも仕方がないわけか。

「懸命《けんめい》に練習したら、他の魔法も覚えられるかもしれないのに……」

などと考える俺は甘いのかな？

本を開くと、そこにはこれまで見たことがない謎《なぞ》の文字が羅列されていた。

当然読めるわけがないと思ったのだけど……。

（なぜか読めてしまう。オズワルトの記憶のおかげだろうな）

いきなり文字が読めなくなって、ルーザたちや兄たちにバカにされずに済んでよかった。

「ええと……。魔力に目覚めた人が最初にする訓練は、体内の魔力を外に引き出すこと、か……」

せっかく魔力に目覚めても、それを体外に放出できなければ魔法が具現化しない。

だから最初は、魔力を体の外に放出する訓練をするわけか。

「体の中から、魔力を放出ねぇ……。具体的なアドバイスは……。ないな」

この魔法大全という本。

分厚くて大全を名乗るくせに、大した内容が書かれていなかった。

昔の魔法使いたちが、こんなに凄い魔法を使えたという記述、自慢とも言うか。

内容のほとんどがそれで占められていたのだ。

「ビックリするほど、不親切な魔法の教科書……いや、ただの魔法自慢の記述だな」

この本で魔法を紹介されている人は、その功績で貴族になったり、元々貴族の生まれという人が多かった。

もしかしたら、身分の高い人しか本に載せてもらえないのかも。

「オズワルト様、参考になりましたか？」

「少しは」

どんな魔法が使えるのか〝だけ〟はわかったので、そこはあとで参考にできるかも。

俺がその手の創作物を嗜んでいてよかった。

魔法を使うには、体内の魔力を体の外に引き出す。

ただ基礎についてはそれしか書かれていないので、これ以上この本を見ても無駄だろう。

書庫の本をすべて確認してみたが、魔法に関連する本は魔法大全のみであった。

魔法使い自体が極めて希少なので、魔法に関する書籍もそんなに存在しないのであろう。

「ライオネル、外に行くぞ」

「おおっ！　早速魔法を実践するんですね！」

俺に魔法が使えるかどうか、まさしく神のみぞ知るだけどな。

俺とライオネルは、館を出て裏手の森へと向かった。

ここはヘッケン辺境伯家専用の森で、父や兄たちがたまに狩猟《しゅりょう》をしているところだ。

オズワルトも、弓の訓練を兼《か》ねてたまにこの森で狩猟をしている記憶があった。

貴族は狩猟を嗜《たしな》むものだが、獲物《えもの》が獲《と》れなければ楽しくないから、大貴族の大半は専用の狩猟場を持っている。

普段は人を入れず、狩猟をした時に獲物を獲りやすくするためだ。金持ちならではの考え方であろう。因《ちな》みにその獲物は、地球に生息する動物ではなく、〝魔獣〟と呼ばれる獣のようだ。とはいえオズワルトの知識によると、この森にいる魔獣は大きさも動物より少し大きいくらいらしい。今も、地球のものよりも大きなイノシシが横切っていった。マジックボアという魔獣らしい。

ここならヘッケン辺境伯家の人たちが狩猟をする時以外人がいないので、思う存分魔法を実践できるはず。

「まあ、使えたらだけど」

もし魔法が使えたら、この世界では特殊技術者扱いなのかな？

現代社会で生きてきた俺は堅苦しい貴族になどなりたくないし、わずか十二歳のオズワルトが呆《あき》れるような後継者争いを続けている、記憶だけの家族になど愛情の一欠片《かけら》もない。

できることなら魔法を習得してこの領地を出た方が、俺は気楽だし、陰湿な後継者争いに巻き込まれずに済む。

家督を巡って兄弟で争うなんて、テレビでやっている歴史ドラマでもあるまいし。

そもそも五男で、しかも母親が平民でなんの後ろ盾《うしだて》もない俺が、ヘッケン辺境伯家を継げるわけがないのだ。

それなのに、バース以外の兄たちとその母親たちに嫌われ、食べ物に毒を混ぜられたり、昨日は落馬事故を仕組まれたりした。

こんな領地に未練などあるわけがなかった。

「では……」

「おおっ！　ついに、オズワルト様の魔法が！」

もったいぶっても仕方がないので、早速魔力を体の外に出す、というのを実践してみる。

ただし、魔法大全には『体の中の魔力を、外に出すイメージを思い浮かべる』としか書かれていなかった。

具体的なやり方は、自分で模索するしかないのだ。

「……」

「オズワルト様？　どう……おわぁーーー！」

「わぁーーー！」

俺とライオネルが驚くのも無理はない。

体の前に突き出した手の平から、突然自分の体よりも大きな『火炎』が噴出したからだ。

まさか、いきなりこれほど大きな炎が噴出するとは思わず、俺とライオネルは大きく動揺してしまった。

「まずい！　このまま火を出し続けると樹《き》に燃え移って森が火事になってしまう！」

「オズワルト様、この炎は止められないのですか？」

「今、やってる！」

手の平から、巨大なバーナーのように火炎が噴き出しているのに、手が熱かったり火傷《やけど》をすることがないのは、さすがは魔法と言うべきか。

今はそんなことを気にしている場合ではないのに、これをどうコントロールしていいのかわからなかった。

手の平から出る炎を止めようにも、自分の意志ではどうにもならないからだ。

「とにかく、樹などに火が燃え移らないようにしないと」

延焼を防ぐべく、手の平をなにもない空間に向ける。

それから数分間手の平から炎が出続け、ようやく魔法の炎は止まった。

「手の平に、灰や煤《すす》がついていないんだな」

「魔法とは不思議なものなのですね。でも、魔法が使えてよかったじゃないですか」

「そうだな」

今の俺の成り立ちが特殊だからこその奇跡だな。

その点俺はツイているが、ちゃんとコントロールできなければ意味がない。

「もう一度、魔法を使ってみよう」

「練習すれば、ちゃんと炎をコントロールできるようになるはずです。ただ火事になる危険がありますので、他の系統の魔法を練習なされた方がよろしいでしょう。ヘッケン辺境伯家の占有する森で火事を起こすわけにはいきませんから」

「確かに、ライオネルの言うとおりだな」

これまで魔法使いではなかったオズワルトの記憶には、魔法に関する知識が少なかった。

魔法大全と、俺のゲームの知識で火魔法ではない魔法を試してみるのだが……。

「風の刃《やいば》よ！」

「……」

「氷の槍《やり》よ！」

「……」

「雷の矢よ！」

「……出ませんね」

風、氷、雷と、魔法大全に書かれた魔法をイメージしてみたのだが、なにも起こらなかった。

「もしかしたら、ミハイル様のように火魔法しか使えないのでしょうか？」

「そうかもしれないな。もう一度火魔法を使ってみよう」

火事を起こさないよう、慎重に火魔法を使おうとするが、今度はなにも出てこなかった。

「あれ？　おかしいな？」

何度も頭の中で具体的な魔法のイメージを思い浮かべるが、今度は火魔法も出なくなってしまった。

「最初の炎はなんだったんだ？」

それでも、最初に炎を出せたのは事実だ。

何度も練習して慣れれば、きっと自在に魔法を使えるようになるはず。

懸命に練習を続けると、ようやく手の平から『火種』程度の小さな炎が出た。

「大分小さくなったな……」

「ミハイル様が得意な『火種』ですか……」

彼の場合、得意というよりもそれしか使えないとも言う。

多くの人たちが空気を読んで彼を称賛しているというのが現実だけど。

「とにかく時間が許す限り練習を続けよう」

「そうですね」

それから夕方になるまで、俺は魔法の練習を続けた。

だが、大きな炎が出たのは最初の一回のみで、そのあとは数回に一度『火種』が出る程度。

確実に、自分がイメージした魔法が出なければ意味がない。

運良く魔法が使えること自体は判明したので、明日からもしっかりと練習しなければば。

そう思いながら屋敷に戻り、今日もあの偽りの家族団欒《だんらん》を演じる夕餉《ゆうげ》の席に参加しようと、食堂へと向かう。

すると俺の進路を、ミハイルとその母ラーレがまるで見下したかのような表情を浮かべながら塞《ふさ》いでいた。

「オズワルト、残念だったな」

「ええと、なにが残念なのでしょうか？」

彼がなにを言いたいのかはわかったが、俺はわざと気がつかないフリをした。

オズワルトならそのまま会話を進めたのだろうが、彼の賢《かしこ》さは、あの落馬事故のような嫌がらせを生む。

兄たちに対しては、あまり賢く見せないのが処世術というものだ。

ブラック企業勤めで得たスキル……スキルというほど威張れる類《たぐい》のものではないけど。

「私は知っているぞ。今日一日、裏の森で熱心に魔法の練習をしていたようだが、なにも出せずに苦戦していたそうだな」

「オズワルトさんは現在十二歳。魔力の不活性化のせいで魔法が使えなくて当然でしょうからね。今日一日無駄な努力をして、気がお済みになりましたか？」

ミハイルとラーレは、俺がまったく魔法が使えないと思っているようだ。

昨晩の夕食の席で、俺の魔力が発露したことに気がつき、まずないとは思うが魔法が使えるようになるかもしれないと、監視の人員を出したのであろう。

そして彼らはちょうど、俺が魔法を出せずに困っているところを目撃してしまい、やはり魔法が使えないのだと勘違い……いや安心したから、わざわざ俺を待ち伏せてバカにしているのか。

こんな幼稚《ようち》な親子でも、実家がヘッケン辺境伯家の重臣だから有力な後継者候補とは、悲しい現実だな。

「いえ、オズワルト様はちゃんと魔法を……オズワルト様？」

俺がバカにされたので、半ば反射的にライオネルが反論を試みるが、それを俺は手の動きだけで制した。

「オズワルト様。ですが、オズワルト様は……」

「夕食の時間に遅れるのはマナー違反だからね。ここで長々と話しているのはよくない」

わざわざミハイルとラーレに教えて恨《うら》みを買う必要はない。

もしそのせいでまた落馬事故でも仕組まれたり、毒入りクッキーを贈られたりすると困る。

この二人が犯人だという絶対的な証拠はないが、有力な容疑者であることに間違いはないのだから。

それは、他の兄とその母親たちにも当てはまり、俺はこの領地を出て行くまで慎重に行動する必要がある。

それまでは、なるべく魔法は使えないと思われた方が安全というものだ。

前世において、会社の会議室で倒れた俺はほぼ死んだと見て間違いない。

せっかくオズワルトに生まれ変わったのなら、今度の人生は寿命が尽《つ》きるまで安寧《あんねい》に過ごしたいじゃないか。

（しかし、ミハイルもラーレも大概だな）

魔法が出るかどうかは運次第《しだい》なんて状態の俺が言うのもどうかと思うけど、『火種』しか出せないくせにミハイルもラーレも威張りすぎだろう。

俺なら恥ずかしくて、その程度の魔法の実力で威張るなんてできない。

「失礼します」

これ以上は時間の無駄なので、二人に挨拶をしてからその場を去って、食堂に入った。

今日も家族の夕食が始まるが、俺としては別に中止してくれても……。

だが、貴族とは古くからの伝統に拘《こだわ》るもの。

そう簡単に、表面だけは取り繕《つくろ》って裏はドロドロな家族の夕食会はなくならないというわけだ。

（昨日とそんなにメニューが変わらない……。そして塩辛い）

毎日こんな夕食を食べて、こいつら、本当に美味しいと思っているのか？

オズワルトの記憶だと、すでに父の父である祖父は亡くなっていた。

まだ五十歳そこそこで突然倒れたようで、その理由の一つにこの塩辛い食事があるのだと俺は思っている。

メニューは、スープ、クタクタに煮た野菜を使った前菜、焼きすぎて硬い肉と脂っこくてしょっぱいソース、異常に甘いデザート。

どうやら、フルコースを食べられることが大貴族の証で、料理の内容にはそこまで拘っていないらしい。

（某大英帝国並の料理の不味さだな……）

これは、どうにかしないと。

これから死ぬまでこの食事では嫌だ。

ただ、この世界は大貴族でも一日二食が主流なようで、今日の昼はなにも食べなかった。

屋敷にいれば、お昼に果物や焼き菓子などをつまめるのだけど、果物は現代日本のように品種改良されているわけではないので甘くない。

高価な砂糖をつけて食べるのが大貴族の習慣だと、オズワルトの記憶にあったけど、甘すぎるお菓子と合わせて、これも糖尿病になりそうだな。

「オズワルト」

「はい、父上」

「今日はなにをしていたのかな？」

「昨日、突然私が倒れた理由が魔力の発露ではないかと思い、魔力見の水晶を使ってみたところ、確かに魔力が発露していたので、念のため魔法が使えるかどうか試してみました。僕は十二歳なので、魔法使いの不活性化からは逃れられないとは思いましたが……」

「で、どうなのだ？」

父は、まるで期待するかのような表情を浮かべながら、身を乗り出して尋ねてきた。

もし俺に魔法が使えたら、すでに母もなく、後ろ盾もなにもない俺なら、嫡男バースのいい支持者になると思っているのであろう。

だが、俺が父の思惑《おもわく》に乗ることはない。

正妻たちとその実家を敵に回したくないから、オズワルトの母親が虐《いじ》められて早死にするのを止めず、俺のメイドが次々と嫌がらせで辞めてもルーザたちを叱《しか》ることもなく、極めつけが昨日の落馬事故だ。

当主なのに守ってもくれず、俺には嫡男バースを支えてほしいと願う。

ムシが良すぎるにもほどがある。

どうやらオズワルトは、父と嫡男の役に立つ弟だとアピールしてその身を守ろうとしていたらしい記憶があった。

生まれてからずっとヘッケン辺境伯領内で生活してきた彼は、家と領地を出るという考えに至らなかったのであろう。

だが俺は違う。

一日でも早く、この領地を出て行きたい気持ちだ。

そのためには、俺は嘘《うそ》だってつくさ。

「残念ながら、今日は成果がありませんでした。ですが、明日からも頑張ってみようと思います」

「そうか。努力することはいいことだ。なあ、バースよ」

「そうですね、父上。万が一ということもありますから」

父の考えに同意する嫡男バース。

彼自身は温和な人物だが、その母親には問題がありすぎる。

彼の母ルーザは、亡くなった母も、母が産んだ俺も心の底から憎んでいるのだから。

バースはそれを知っているにもかかわらず、これまでにオズワルトとルーザの仲を取り持とうとしたのを見た記憶が一つもない。

それなのに、俺が次の当主になったバースを支えてくれるものだと思っている。

俺が魔法の訓練を続けることに賛成したのも、ミハイルのことがあるからであろう。

いくら『火種』しか出せなくても、彼が魔法使いであるのは確かで、有力な次期当主候補である事実に違いはないのだから。

「魔法の教師がいればいいのですが……」

「そうだな。できるだけ早く探すことにしよう。なあ、バースよ」

「そうですね、父上」

「ありがとうございます」

ただ、俺はまったく期待していなかった。

なぜなら、ミハイルも他の兄たちも、その母親も、その実家も。

俺がもし魔法を使えるようになったら困るからだ。

間違いなく、父とバースが俺に魔法の教師をつけることを邪魔してくるはずだ。

（それでも、魔法の訓練をする許可は貰《もら》った。最初の一発目は大きな炎が出たし、その後も数回に一回は『火種』が出せるようになった。魔法を覚えれば……）

この領地を出ても、一人で生きていくことができるはずだ。

この世界の成人は十五歳。

三年後を目指し、急ぎ魔法を覚えないと。

この塩辛く、不味い飯もどうにかしないとな。

こういう時、現代日本人は舌が肥《こ》えていて大変だと思う。

第3話　仮面の師匠《ししょう》

「よう、朝早くから熱心だな」

「……何者ですか？」

「俺《おれ》が何者かだって？　さあてな。自分が何者かなんて、人生が終わってから他人が評価する類《たぐい》のものだからな。とりあえず『仮面の男』とでも呼んでくれ」

「仮面の男ですか……。確かに仮面をつけていますね。素顔は俺に見せられないと？」

「秘密や事情を抱えている人間なんて、特に珍《めずら》しくないってことさ。なあ、魔法のコントロールに苦労している少年よ」

「俺が魔法使いなのがわかるんですね」

「魔法使いは他《ほか》の魔法使いの気配に敏感だぞ。だから、ヘッケン辺境伯家の四男だったか……。『火種』しか出せない奴《やつ》でも、いい年をして魔力が発露したお前にすぐ気がついただろう？　お前が、俺を含めて他の魔法使いの気配に鈍感《どんかん》なのは、魔法使いとしてはまだヨチヨチ歩きの赤ん坊だからさ」

「あなたは俺が誰《だれ》なのか知っていて、魔力があることも知っているんですね」

「別に俺がなんでも知っているとか、そういう話じゃないぞ。ここは、ヘッケン辺境伯家の人間しか入れない特別な森だ。だからお前はヘッケン辺境伯家の人間ということになる」

「ミハイルのことは？」

「俺には、色々と細かいことがわかる情報網もあるのさ。とはいえ今回のことを知ったのは昨日、お前がなんとも情けない魔法の練習をしているところを目撃し、同時にミハイルの手の者がお前の様子を窺《うかが》っているところも目撃したからだけどな」

「あなたも俺を監視していたんですね。それで、俺になにか用件でも？」

「ああ、俺の趣味の一つに占いがあってな。南東の方角に、ショボイ魔法使いの卵がいるから、魔法を教えてあげると功徳《くどく》を積めますよって出てな」

「随分と細かな指示が出る占いなんですね」

「まあ、嘘《うそ》なんだけどな」

「嘘って……。わざわざ俺に教えなくても……」

「とにかくだ。俺にも色々と都合があるんだよ。魔力の放出量が安定せず、『火種』

しか出せない兄にまでバカにされるオズワルトよ。俺の指導を素直に受けて、思いどおりに魔法が使えるようになりたいだろう？」

「はい、それは勿論《もちろん》。魔法を教えてくれるのですか？」

「教えてやるぞ。ありがたく思えよ」


早朝、朝食の前。

今朝は一人で屋敷裏の森で魔法の訓練を始めたが、昨日と同じく、数度に一度『火種』が出るのみだった。

俺が思うに、なにかしらの事情で魔力が数回に一度しか体外に放出されていないのであろう。

魔力が体の外に出ないと魔法は発動しないという、魔法大全の記述が正しければだ。

魔法使いがよく使うと魔法大全に書かれていた、バスケットボール大の『ファイヤーボール』を出そうとイメージしても、やはり数回に一度『火種』が出るだけた。

他にも、風の刃《やいば》、氷の槍《やり》を出そうとしてもなにも出ず。

十歳を超えて魔力が具現化しても、魔法が使える者はほぼゼロというハードルを越えられたのに、自分が思うとおりに魔法が出せなければ、役に立つどころか迷惑でしかない。

おかげで、ミハイルとラーレにバカにされてしまった。

ミハイルは『火種』しか出せないくせに。まあそれでも任意に『火種』が出せるから、少なくとも俺の魔法よりは役に立つのか。

とはいえミハイルがその程度で威張っていられるのは、祖父が領内にある教会の責任者だからというのが大きい。

まさに、虎《とら》の威を借る狐《きつね》だな。

とにかく、まずは必ず魔法を出せるようにすることを目標に一人で訓練をしていると、突然何者かに声をかけられた。

予想外の事態に驚きつつも声の主を確認すると、そこには仮面をつけたローブ姿の男性が立っていた。

身長も体型も、この世界では標準くらいだろう。

仮面のせいで年齢はわからず、ただ声質から推測すると、四十代から五十代くらいか？

オズワルトの体はかなり武芸も嗜《たしな》んでいたはずなのに、まったくその気配に気がつかなかったのは不覚だ。

彼がその気になればいつでも俺を殺せるという事実が、警戒感を強めさせたが、かなり皮肉屋の彼は俺に魔法を教えてくれるという。

（実は、ルーザの刺客《しかく》とか？）

「そんなに警戒するなよ。俺に害意があったら、お前はもうこの世にいないから」

「それって、喜ばしいことなのですか？」

「今、生きている。実に素晴らしいことじゃないか。そんなわけで、俺の都合もあるからお前に魔法を教えてやる。別に恩に着せるつもりもないし、必要以上にありがたがる必要はないぞ」

「はあ……」

「ちょっとは、俺が魔法の師匠なんだって意識してくれると、俺も指導がしやすい。ただこれも、魔法の指導をやりやすくするためのものだ」

「わかりました」

せっかく魔法を教えてくれるというのだ。

ありがたく受けるとしよう。

月謝は相場がわからないけど、魔法を覚えたら、それでお金を稼《かせ》いで後払いにしてもらおうかな。

もしかして、父とバースが用意してくれた魔法の教師なのか？

いや、昨晩それを言われたばかりなのに、すぐに用意できるわけはないか。

思いっきり怪しいが、これも魔法を覚えるためだ。

「よろしくお願いします」

「ただ、一つだけ条件がある」

「条件？　月謝の額ですか？」

「金はいらないな。俺はこう見えても大金持ちなんだ。それに、お前に無料で魔法を教えてもその経費を簡単に取り戻す手段を持っている。だから安心して俺に教われ」

「あの……。条件ってなんですか？」

「おっと忘れてた」

男が本当に魔法使いなのかはまだわからないが、喋《しゃべ》りすぎのきらいがあるらしいことはわかった。

「この俺が、お前に魔法を教えていることは秘密にしてくれ。まあ、お前も仮面の男に魔法を習っているとは、家族には言えないだろう」

「確かにそうですね……」

だが、その条件は難しいかもしれない。

現に今だって、いつライオネルとミーアが俺を探しに来るかもしれないのだから。

もしライオネルとミーアを言いくるめることに成功してもだ。

「魔法の指導って、時に何日も野宿することとかってあり得ますか？」

「あるな」

「うーーーん……」

あの、まったく参加したくない夕食の席。

これが一番の障害だな。

もし俺が夕食の席に欠席でもしたら、父や他の家族がどう思うか……。

「なんだ？　なにか困ったことでもあるのか？」

「夕食の席は、家族全員が必ず参加するのが決まりです」

「夕食ねぇ……。そんなしょうもない古くからの決まりを守ることに懸命《けんめい》な王族や大貴族は多いよな。家臣たちに一族の結束をアピールする目的らしいけど、どこの家も裏ではいがみ合ってるくせにな。なあ、お前」

「はい？」

「お前、せっかく俺が魔法を教えてやるってのに、さらにお前は五男だろう？　この領地で、大して好きでもない家族のために働くのか？」

「それは……」

仮面の男から、図星を突かれてしまった。

なにしろ俺の体はヘッケン辺境伯家の五男オズワルトでも、中の人格は鈴木史高なのだから。

それに加えて、オズワルトの記憶と、この二日間実際に接してみた結果からすると、家族としての愛情はゼロどころか、早くこの領地を出て行かないと早死にする可能性だってある。

（確かに、俺が必ず夕食の席に参加する義務なんてないんだよな。未練があるほど美《お》味《い》しい飯というわけでもないし。なら、今日からはサボってしまうのがいいかも）

ヘッケン辺境伯家が決めた、家族全員が必ず参加する夕食の席を俺がサボれば、俺は家族から批判されるはずだ。

高貴な家に生まれたくせに、その決まりも守れない不良息子と。

間違いなく、家中におけるオズワルトの評価はガタ落ちする。

だがガタ落ちしても、特にデメリットはないのだ。

（バース以外の兄たちは、『家の決まりも守れないような不良息子は追い出すべき』、と母親たちと共に俺を強く攻撃するはずだ）

　そして父とバースがその意見に逆《さか》らえなくなった結果、どうせ領地を追い出される俺にわざわざ嫌がらせをする必要はなくなるはずだ。

（かえって俺の身は安全じゃないか）

「わかりました。朝食を終えたら準備をしてきます」

「あまり家に帰らないと死んだと思われるかもしれないからな。週に一度くらいは屋敷に戻るがいいさ」

　別に死んだことにされてもいいような気もするが、そのせいで大々的に捜索隊を出されても困るので、たまに屋敷に戻る放蕩《ほうとう》息子を演じるのがいいだろう。

（ライオネルとミーアには、それとなく言っていこうかな）

　まだ二日間のつき合いだけど、あの二人だけは俺の味方だったから。

（もし俺のせいで、二人が父やバースから叱《しか》られたり、処罰されたりしたら後味が悪い。朝食後に話をするか）

「ところで、あなたが魔法使いである証拠というか、俺に教えるほどの実力があるのか見せてもらえませんか」

「ほう、俺を試すと？」

　仮面の男はどこか嬉《うれ》しそうに呟《つぶや》くと、

「えっ？」

突然、俺の体が空中に浮かび上がった。

この人、本当に魔法が使えたんだな。

「修業の時はこれで人のいない場所まで飛んで行くが、どうせお前も魔法で飛ぶ方法を習得するんだから、今のうちにその感覚を体で覚えておけ」

「わ、わかりました」

そう言うと、仮面の男は恐ろしい速度で上空へと飛びあがった。

俺も彼から数メートル離れた位置に浮かんでおり、もしこのまま落下してしまったらと、頭の中が恐怖でいっぱいになる。

「安心しろ。俺くらい魔法での飛行に慣れているとお前を間違って落とすなどまずあり得ん。お前もいずれ他人を浮かばせて飛行するんだから、早く体で覚えてくれよ」

「はい……うわぁーーー！」

「どうせすぐに慣れるさ」

男に急に地面に戻され、その速度に思わず声が出てしまったが、とにかく、これで仮面の男が本当に実力のある魔法使いであることは身をもって実感した。

こうして俺は、仮面の男から魔法を教わることになったのだが、わかりやすいほど怪しい人だ。

それでも、無料で魔法を教えてくれるというのだ。

せっかくのチャンスは利用しなければな。

「色々と事情があって、魔法を覚えるため、俺はこれからほとんどこの屋敷に戻って来れなくなるんだ。ライオネルとミーアは大丈夫かな？」

「お館《やかた》様に叱られますね、確実に」

「私はお屋敷で他の仕事をすれば問題ないのですが、ライオネル様がオズワルト様付きをクビになってしまいますと、その……私との結婚資金の問題が……」

「そうか……」

朝食後、俺はライオネルとミーアに話をした。

突然俺が勝手にいなくなり、その結果、この二人が父やバースから叱られたり処罰されても、俺には関係ないという考え方もできる。

だが、現代日本人としては二人に悪い気がしてしまうのだ。

こんな世界では損な性格かもしれないけど、俺は生まれつきこういう性格なので仕方がない。

「ようは、父上が認める……黙認すれば問題ないのかな？」

「そうですね。お館様が私とミーアを処罰しないとおっしゃれば問題ありません。まあ、家中での評価はガタ落ちでしょうけど……」

「オズワルト様の放蕩を止められなかったということになりますから」

「すまない」

オズワルトも、この二人だけは自分の味方だと思っていたようだからな。

だが、このまま兄や義母たちに虐《いじ》められながらいい子を装って生きていくのは嫌だ。

「ならば、俺が今後、必ず二人を雇い続けるという保証があればいいのかな？」

この二人も俺と同じような境遇で、実家を継げるような立場にない。

ならば……。

「詳しい事情は話せないが、俺が無事に魔法を覚えることができたら、従者として雇うことも可能だ。この領地を出る可能性が高いし、当然ライオネルが実家を継ぐチャンスはなくなる。それでも問題なければどうかな？」

働いていたブラック企業の経営陣を見てきた身としては、魔法使いになれば稼げるとはいえ、この二人を責任持って雇うのが精一杯であろうと判断できる。

俺は彼らとは違って、人を雇うことに大きな責任を感じてしまうからだ。

二人だけなら精神的な負担も少ないはず。

「……オズワルト様。もしかして、魔法の教師のあてがついたのですか？」

「まあ一応」

仮面の男で、思いっきり怪しい奴だが。

「お館様とバース様では、オズワルト様に魔法の教師をつけることなど不可能なので、他の方ですか……。無事に見つかったのですね」

「ルーザ様たちに妨害されたら、お館様とバース様では打つ手がありませんからね。オズワルト様自身が見つけられたのでしたら、素晴らしいことだと思います」

五男のお付きにまで、父と長兄には力がないことがバレている辺境伯家って、将来大丈夫なのだろうか？

俺は領地を出て行くから関係ないか。

「やはり父上とバース兄上では、魔法の教師を手配できないのか……」

「確実に妨害が入りますから」

そんな予感はしたけど、それが容易《ようい》に理解できてしまうライオネルとミーアも辛《つら》いよな。

「すまないが、まずは俺の魔法習得が最優先だ。二人の働き口については、必ず俺が責任を持つ」

「わかりました。私はもうなにも言いません」

「私もです」

ライオネルとミーアは納得してくれた。

必ず魔法を習得して、生涯二人の生活を保障しなければ。

「一ついいアイデアがあります」

「いいアイデア？」

「はい、教師が見つかったことをお館様にこっそりとお伝えするのです。もしオズワルト様が魔法を覚えられれば、お館様は喜ばれるでしょう」

「まあ喜ぶだろうな」

魔法使いになった俺が、父とバースを支持してくれるはずだと思っているのだから。

言うまでもなく、俺は成人したらこの領地を出て行くけど。

「早速、父に相談するか」

それも、ルーザたちにバレないように。

二人との話を切り上げて部屋を出ると、その足で父を探し始めた。

すると運良く、父が一人書斎で書類の決裁をしているいう情報を掴《つか》む。

俺が書斎のドアをノックしてから声をかけると、父はすぐに中に入れてくれた。

「珍しいな、オズワルト。で、なんの用事だ？」

「実は……」

仮面の男だということは伏せたが、俺に魔法を教えてくれる教師のことを伝えた。

昨日の今日で、いきなり、しかも俺が魔法の教師を見つけたというのだから、怪しいと思われても当然のはず。

だが父は、あっさりと俺の願いを受け入れてくれた。

「わかった。これからは毎日夕食に参加しなくてもいい。ただし、週に一度は屋敷に戻って来るように」

「わかりました。では、行ってきます」

「必ず魔法を覚えてくれよ」

書斎を出た俺が再び部屋に戻ると、すでにミーアが俺の荷物を纏《まと》めてくれていた。

残念ながら、オマケの五男の私物なんて大した量ではないけどな。

「ありがとう、ミーア。ライオネルも。じゃあ、行ってくるよ」

「オズワルト様、行ってらっしゃいませ」

二人の見送りを受けながら、荷物を持った俺は屋敷裏の森へと急ぐ。

「上手《うま》くいったようだな。じゃあ、修業に相応《ふさわ》しい場所に移動しようじゃないか」

今朝やったように仮面の男は俺を上昇させる。

「じゃあ、全速力な。時間が惜しいんだ」

「ひいっ」

俺は仮面の男と共に、かなりのスピードで南下していく。

オズワルトの記憶だと、ヘッケン辺境伯領の南部には広大な未開地があり、いまだリューク王国に従わない小国や独立領主の領地と接していたはず。

「なるべく早く、色々と教えてやるさ。お前の魔法の才能には期待して……聞こえてないか」

「……」

俺は、あまりの飛行速度の速さに酔ってしまって仮面の男になにも言えず、彼のなすがまま、南へと飛んでいく。

その様子は、まるで誘拐《ゆうかい》でもされているかのようであった。

第4話　修業

「十二歳で魔力が発露したお前は、普通に考えたらとっくに手遅れなんだ。だがどういうわけか、お前は数少ない例外ということになる」

「俺《おれ》って、才能あるんですか？」

「ある。お前の魔力の量はとてつもない。だが、魔法を使いこなせるかはそれをどれだけ体の外に放出できるかにかかっている。早速魔法の修業を始めるとしよう」


ヘッケン辺境伯領の南部にある無人の森。

そこは屋敷のあるあたりよりさらに気温が高く、まるで夏のようだ。

仮面の男の話を聞いているだけなのに、背中からじんわりと汗が伝うほどであった。

仮面の男の説明によると、俺の魔力はなかなかのものだそうだ。

オズワルトには魔力がなかったので、間違いなく意識が俺に代わった影響だが、いくら魔力が発露しても、それを体の外に放出できなければ魔法は使えない。

仮面の男によると、俺は魔法が使えないわけではないので、魔力の出が悪い状態だそうだ。

「魔力放出にムラがあるってこと自体がとても特殊で、多分体の外に放出されようとしている魔力が詰まっていて、出が悪いんだろうな」

「そんなものなのですか？」

俺が数回に一度しか『火種』を出せないのは、魔力が詰まっているから？

仮面の男の説明に矛盾《むじゅん》はないが、ゴミが詰まった水道管でもあるまいし、ちょっと疑わしい気持ちはある。

「知らん。が、そんなもんだろ。それで、どうやって魔力の出をよくするか。過去の経験から推察した結果、一番可能性がある方法を試すことにする。オズワルトも、成功率が高い方法の方がいいだろう？」

「はい、それは勿論《もちろん》」

「ようし、本人の承諾《しょうだく》を得られたから、早速試してみることにするか」

「よろしくお願いします」

ちゃんと魔法が使えるようになればいいのだと、あまり深く考えずに仮面の男の訓練方法を承諾してしまった俺であったが、その直後、俺は後悔することになるのであった。


「ブヒィーーーー！」

「ひぃーーーー！　死ぬ！　死ぬ！」

「死ぬ前に、お前が本気を出してくれれば問題ないんだよ。このマジックボアってのは、巨体ゆえに、一度標的に向けて突進を開始するとそう簡単にルートを変えられるもんじゃねぇ。突進の回避はそう難しくない。ただ、まともに突進を食らうと簡単に全身の骨が折れてしまうから、慎重に回避しろよ」

「うわぁーーー！」

早速魔法の修業が始まったが、俺は軽自動車ほどの巨大なイノシシに追われていた。

あの魔獣マジックボアだ。

この世界に住む獣の総称を魔獣といい、その形状は地球上の動物に似ているものも多い一方、なんとドラゴンも存在している。

地球では空想上の生物でしかないドラゴンが実在する世界だとオズワルトの知識からわかった瞬間、俺は本当に異世界へ転生してしまったのだと理解した。

二日間ベッドに入って寝ても元の世界に戻れないので、やはり夢ではなかった。

地球に生息する動物と、この世界に棲《す》む魔獣との違いであるが、それは大きさと、体内に魔石を内包している点にある。

魔獣は数が多くとても凶暴であり、この世界の人たちはなかなか生活圏を広げられない。

ただ、多くの犠牲を出しながらその土地に生息する魔獣を倒し続けると、そのうちその土地で生まれてくる魔獣が小さくなってくる。

ヘッケン辺境伯家の屋敷裏の占有地である森などで目撃した魔獣は、地球の動物より少し大きいくらいだった。

魔獣との陣地争いに勝利して、ようやく人間がその土地に住めるようになるわけだ。

人間の住む土地を広げたければ、大軍で魔獣を駆逐《くちく》するか、凄腕《すごうで》の魔法使いに頼るしかない。

ヘッケン辺境伯領は、ご先祖様が多大な苦労と多数の犠牲を出し、千年以上かけてようやく今の広さとなった。

すでに拓《ひら》いた土地を巡って人間たちが争うのも、これは人間の業《ごう》だから仕方がないのか。

ようやく人間が住めるようになっても、少しでも隙《すき》を見せれば、魔獣は人間の領域に再侵略してくる。

ゆえに、貴族は常に軍備を整えなければならない。

その土地の支配者は、強くなければならないのだ。

魔獣のせいで領地が少ないため、他の国や貴族から土地を奪おうとする者たちにより紛争や戦争も定期的に発生し、そちらにも備える義務が、王や貴族にはあった。

王と貴族は、人々を他国の侵略や魔獣の脅威《きょうい》から守るからこそ、その土地の支配者として認められ、税を徴集《ちょうしゅう》する権利を得られる。

それでも、日本でも毎年猪《いのしし》や熊《くま》に殺される人がいるように、魔獣に殺される人はあとを絶《た》たない。

そしてここは、まだ手付かずの未開地だ。

そこに棲む魔獣たちは凶暴で巨大であり、俺はお尻《しり》に矢が刺さったマジックボアに追われて生命の危険を感じていた。

十分ほどマジックボアに追われ続けているが、一向に『火種』以外の魔法が使える気配がなかった。

俺に迫りくる巨体を倒せそうな魔法に期待したのだけど、どうやっても数回に一度しか『火種』を出せないのだ。

「死ぬ！　俺は死んでしまう！」

前世はただの社畜でしかない俺が巨大なイノシシに追われたら、逃げる以外の策を思いつかなくて当然だ。

「死にやしねえよ。逃げてばかりいないで、魔法で倒してみろよ。死の恐怖と真正面から対峙《たいじ》すれば、きっと色々な魔法が使えるようになるはずだぜ」

「はず？　はずなんですか？」

俺はただひたすら、マジックボアの突進を回避し続けていた。

体中から汗が吹き出してくるが、それをハンカチで拭《ふ》いている余裕すらない。

「うわぁーーー！」

マジックボアの突進を、またも俺はどうにかかわした。

もしかわせなければ車に轢《ひ》かれるようなものなので、最悪俺は死んでしまうだろう。

「俺を殺す気か！」

「ブヒィーーー！」

俺に無料で魔法を教えると言った仮面の男は、魔法でマジックボアのお尻に矢を突き刺してわざと怒らせ、俺を襲わせていた。

そういえば、まだ生きているはずのお祖母《ばあ》さんが言っていた。

『この世の中に、無料《タダ》より高いものはない』と。

「死ぬ！　本当に死んでしまう！」

「死ぬ前にお前が魔法を使えれば、そんな魔獣なんてイチコロだろうによ。さあ、頑張れ、頑張れ」

空中に浮いたままの仮面の男は、小石を魔法で飛ばしてマジックボアにぶつけた。

痛みを感じたマジックボアは、さらに俺への敵意と殺意を増していく。

(自分は魔法が使えるからって！)

「くそぉーーー！」

再び、ギリギリのところでマジックボアの突進をかわした。

俺はオズワルトの身体能力の高さに感謝しつつ、元の体だったら死んでいたなと思った。

「魔法さえ覚えれば、結構楽に生きていけるぞ。ほうら、頑張れ頑張れ」

この世界で魔法使いが重宝されるのは、その魔法により簡単に魔獣を倒すことができるからだ。

ミハイルの『火種』では魔獣を倒せないので、有力視されているのは母親の実家である大貴族の重臣兼教会の力も合わさってということだろう。

「魔法……出ませんよ！」

何度もマジックボアを倒せる魔法をイメージするが、今度は『火種』すら出なくなった。

そんなことをしている間に、まだ俺を諦《あきら》めないマジックボアが突進してきたので、命がけで回避する。

まるで闘牛にでも参加しているような気分だ。

いつの間にか汗塗《まみ》れ、泥塗れになっていたが、そんなことを気にしている場合ではない。

少しでもマジックボアから目を離せば、その突進をかわせずに死んでしまうのだから。

「死ぬ前に頑張れよ」

「……」

安全な上空であれこれ言ってくる仮面の男に、俺は殺意を覚えつつあった。

「おかしいな？　命の危険を感じれば、詰まりも取れると思ったのに……。もっと危険な目に遭《あ》わせないと駄目か？」

仮面の男め！

わざと俺に聞こえるように言いやがって！

（俺の体は、ゴミが詰まったパイプか！）

「おい、お前が想像できる最大威力の魔法を放つんだよ。死を覚悟するほどの危険を感じ、大量の魔力を体の外に押し出そうとすれば、圧力で詰まりも取れるだろうぜ」

本当にそういう理論なのか？

魔法大全には、そんなことは一言も書かれていなかったが……。

「俺の魔力が発露したのなんて、三十歳を過ぎてからだぜ。お前と同じように最初は魔力の放出に苦労した口だ。経験者の意見は貴重だろう？」

「え、そうなんですか？」

ということは、仮面の男も数少ない例外ということなのか。俺と何か共通点でもあるのかも――。

「これはあれだな。お前の身体能力が思った以上に高くて、マジックボアの突進をどうにか回避できてしまうだろう。それでは真に命の危機を感じることができないからいけないんだな。これは失策だった」

仮面の男が一人そう呟《つぶや》いて納得した瞬間、なんと俺の体がまったく動かなくなってしまった。

「なっ！　体が動かない！　まさか……」

あの野郎、まさか俺の体を魔法で動かなくしたのか？

そして、俺に何度も突進をかわされたマジックボアが、絶好の機会だと全速力で俺に突進してきた。

もし俺がこの突進を食らえば、体の骨をバラバラにされてしまう。

「殺す気ですか⁉」

「そんな気は毛頭ないけどよ。このままお前がマジックボアの突進を回避し続けても、魔法なんて永遠に使えないんだよ。俺も別に暇人ってわけじゃないから。時間効率を最優先しようと思ってな。ほら、マジックボアに魔法を放てないと死ぬぜ」

「くっ……。体が動かない……」

「俺の『拘束《こうそく》』を解《と》くよりも、マジックボアに魔法を放てって。そうすれば死なないから」

「それができていれば、あんたに魔法なんて教わってないよ！」

仮面の男は気が短いらしい。

「魔法！　出ろ！　出ろ！」

「頑張れよぉ」

（あの野郎！）

仮面の男の『拘束』を解くのは難しい。

なにしろこの俺を連れて、屋敷から遥《はる》か数百キロ南方まで魔法で飛べるような人がかけたのだから。

この『拘束』を解く手段はなく、どうにかして俺に迫り来るマジックボアに魔法を放たなければ……。

（まずは、相手が怯《ひる》むくらいの威力でも……）

「駄目だ！　何度やっても出ない！」

どんな魔法でもいい。

マジックボアが怯むだけでも時間が稼げるのに、どれだけ魔法をイメージしてもなにも出なかった。

「出ろ！　なんでもいいから魔法出ろ！」

焦る俺は、色々な魔法をイメージしてはそれを出そうとするが、やはりなにも出てこない。

すでにマジックボアは至近の距離にあり、もう時間がなかった。

「クソっ！　また俺は死ぬのか！」

もはやこれまでか。

俺は、再び死に直面しつつあった。

「はんっ、なんでもいいだぁ？　そんなしょぼくれた考えだから、魔法が出ないんだよ！　この世界を焼き尽くすくらいのイメージでやれ！」

「えっ？」

「死にたくなかったらやれ！」

「はい！」

俺は半分自棄《やけ》で、この地を焼き尽くすかのような魔法を頭の中にイメージした。

すると、体の前にソフトボール大の白い玉が出現し、それが俺に突進してきたマジックボアに命中する。

その直後、視界が眩《まばゆ》いばかりの光に覆われ、目が潰《つぶ》れそうだったので慌てて目を閉じた。

「なっ……。なんだ？　体が……」

至近の距離にあったマジックボアに白い玉が命中すると、その体が激しい光に包まれてしまうが、すぐに目を瞑《つむ》ってしまったので、その後どうなったのか確認できなかった。

俺は無事なので、ギリギリで魔法が間に合ったのであろう。

しかしながら、最初に出した『火炎』の威力を遥《はる》かに超える魔法が放てたなんて……。

悔しいが、仮面の男の教え方は正しかったのだろう。

「ちっ、手間かけさせやがって。俺もそうだったが、命を賭《か》けないとな」

それは理解できるし、仮面の男のおかげで俺は魔法を放つことができた。

感謝はするが、それと同じぐらい腹が立つのも事実だ。

だがそれ以上に、大量の魔力を一気に放出してしまった弊害《へいがい》であろう。

俺の体から力が抜けていく。

どうやら『詰まり』は取れたようだが、そのせいで体内にある魔力が体外に放出されていくのが止められないのだ。

「詰まりの次はダダ漏れ……。意識を保つのが……難しく……」

「だろうな。荒療治《あらりょうじ》には副作用もあるさ。とにかくこれで、お前は魔力を放出できるようになったんだ。明日から魔力のコントロールを教えてやるから、今は安心して寝るがいい」

「わかりまし……た……」

体の中のすべての魔力を放出してしまった俺には、もう声を出す気力すら残っていなかった。

徐々に意識が遠退《とおの》く。その場に倒れ込んでしまった。

「……俺は、とんでもない奴《やつ》の魔力を目覚《めざ》めさせてしまったかもしれない」

彼は、なにか言ったのか？

それを仮面の男に問い質《ただ》そうとする体力が俺には残っておらず、そのまま意識を失ってしまうのであった。

目を覚ましたら、いきなり仮面が視界に飛び込んできた。

「よう、目が覚めたか？」

「……あれ？　ここは？」

「お前はあれから、半日以上も寝てたんだよ。詰まりが取れた影響で、体内の魔力をすべて放出してしまったから意識を保てなかった。魔力が完全に尽きると意識を失ってしまい、半日は目が覚めなくなる。以後は気をつけるんだな。魔力ってのは体力みたいなもんで、放《ほう》っておけば少しずつ回復はするが、一気に使うとなくなっちまう」

「はい」

「ほれ、お茶だ。朝食もある。飯を食ったら、本格的に修業を始めるぞ」

起き上がって周囲を確認すると、俺は草原に寝転んでいたようだ。

すでにかなり日が昇っていたので暑く、体が汗ばんでいる。

仮面の男は焚《た》き火をしながら、その周りの地面に肉を刺した木の枝を突き立てて焼いていた。

美味《おい》しそうな肉の焼ける匂《にお》いで、俺のお腹《なか》が鳴り始める。

そういえば、昨日は夕食を食べていない。

「その肉、昨日俺が倒したマジックボアの肉ですか？」

「なんだよ、お前は自分がどんな魔法であのマジックボアを倒したのか覚えていないのか」

「はあ……」

目前に迫ったマジックボアを一時的でも退《しりぞ》け、時間を稼げればいい。

そんな甘い考えではなにも魔法が出なかったので、この世界をすべて焼き払える魔法をイメージした瞬間、白く光る玉が出てきてそれが俺に突進してきたマジックボアに命中、直後に光の奔流《ほんりゅう》に襲われて目が潰れるかと思い、すぐに目を瞑ったのを覚えている。

「あの白い玉は、火の魔法には見えなかった」

「あれは火魔法とは違うな。もし火魔法なら、あのマジックボアは焼死したはずだ。実際には、お前が出した白い玉を食らったマジックボアは魔石のみを残し、周囲の草原ごと消滅した。だからその肉は、俺が狩ったマジックボアの肉さ。焼けたぞ、食え」

「ありがとうございます」

仮面の男から渡された肉を受け取って一口食べてみると、ちょうどいい焼き加減で臭みもなく美味しかった。

味付けは塩のみだけど、ヘッケン辺境伯家の夕食とは違ってちょうどいい塩加減だ。

「美味しいです」

「それはよかった。ヘッケン辺境伯家の連中ってのは、自領で産出する高価な岩塩を料理にふんだんに使うのが伝統だ。そうすることで、外に向けて贅《ぜい》を誇っているわけだな。この辺は海から遠い。人間が生きて行くのに必要な塩は、ヘッケン辺境伯領内から産出する岩塩に頼るしかないのさ」

「ヘッケン辺境伯家は、そのおかげで大金持ちですからね」

だからこそ、その家督《かとく》を狙《ねら》って兄弟たちが水面下で争っているのだけど。

「だがよ。そのせいで、ヘッケン辺境伯家の人間は早死にばかりだ。塩の取りすぎだな」

「本当、うちの家族は塩を取りすぎですよね。やめないのかな？」

もし減塩してくれたら、イライラも減って俺への嫌がらせも減るかもしれない。

これはジョークだけど。

「やめられないのさ。もし食事に使う岩塩の量を減らしたら、『ヘッケン辺境伯家は貧しくなったから、料理に使う岩塩を減らすようになったのだ』などと周囲から言われるようになる。大貴族ってのはプライドが高いから、塩っ辛い食事を続けるだろうな。俺から見たらくだらない話だが、ヘッケン辺境伯家の人間からすれば……ってことだ。昔から続く尊《とうと》い伝統というやつさ。まあそのせいで、当主の平均寿命が短い傾向にあるから、岩塩利権目当ての大貴族が外戚《がいせき》として出張ってくるし、重臣たちもそれに対向して側室を送り出してくる。ヘッケン辺境伯家の当主に力がない原因にもなっている。早死にのせいで、代々若い当主が就《つ》くことが多いからな。若い当主なんて、基本的に侮《あなど》られるものさ」

「なるほど」

オズワルトの知識だが、父も祖父の急死で若くして当主になった。

だから、ルーザの実家であるアモス伯爵《はくしゃく》家と、側室たちの実家である重臣家の力が強くて苦慮している。

嫡男《ちゃくなん》バースが次期当主ということになっていても、いつ引っ繰り返されるかわからない、といった状況なのだ。

「力がない当主ってのも大変だ。お前が優れた魔法使いになれば、ヘッケン辺境伯家の当主になれるかもな」

「俺ですか？　母が平民なのに？」

もし当主になれたとしても、父以上の傀儡《かいらい》となって家中が纏《まと》まらないと思う。

この世界は、わかりやすいほどの封建社会なのだから。

「確かに、為政者の血筋が重要視される世界だが、ここから北西にある小国には、先祖が貴族や王族じゃない人間でも王をやっている国があるんだぜ。その王は魔法使いで、魔法使いは滅多《めった》に出ないからな。生まれに関係なく、貴族や王族と同等って扱いを受けるのさ」

魔法使いは貴重なのか。

「魔法使いになれば、その子孫も魔法使いになる可能性が飛躍的に上がる。しかも、魔力が低くても魔法道具の作製とか使用が可能だから、魔法使いってだけで滅茶苦茶《めちゃくちゃ》便利だ」

『火種』しか出せないミハイルが有力な後継者候補なのは、それでも魔法が使えるからなんだな。

「興味ないですけどね」

「ふーーーん、貴族の息子なのに変わった奴だな。お前は」

「魔法が重宝されるなら、それでお金を稼いで自由に生きた方が楽じゃないですか」

元庶民でサラリーマンだからか、俺は貴族になんて微塵《みじん》も興味なかった。

領地なんて持っても、その統治と維持がとても面倒そうだからだ。

自ら望んでそんな苦労はしたくない。

それにしても、仮面の男は色々と詳しいな。

もしかすると彼は、貴族なのかもしれない。

仮面をつけているのは、その正体を隠すためか。

「どうせお前の人生だ。お前の好きにすればいい。とにかく俺は、お前に魔法を教えるだけさ」

朝食は、お茶とマジックボアの肉を焼いたものだけだったが、適度な塩加減だったので久々に美味しい食事をとった気分だ。

「昨日で魔力の放出を覚えたから、今度は魔力がダダ漏れにならないように、適切な量をコントロールして体外に放出する感覚を体で覚えること。魔法なんてよ、魔法大全の『俺の魔法すげえ』自慢を見てそれを真似《まね》するか、自分で色々と考えるものだ。個々に適性があるからできない魔法もあるが、それは自分で確認してくれ。で、今日からは……」

「今日からは、どのような修業をするのですか？」

「俺は気が短いし、今のお前に基礎なんて教えても意味がない。実戦形式で体で覚えようや」

「……はい」

「お前を殺さないように努力するが、世の中には不可抗力ってのもある。もしそうなったら、悪いから先に謝っておくわ。すまんな」

（こいつは……）

仮面の男は一応師匠だし、その手法に問題はあっても、俺は魔法が使えるようになった。

大きな恩はあるのだが、これだけは言わせてもらう。

こいつは、ろくでもない奴だと。

「おーーーい、死なないようにちゃんと防げよ」

「言われなくても！」

「俺に隙があったら、ちゃんと反撃するんだぞ」

「……」

「返事は？」

「はーーーい！」

「はっはっはっ、まるで騎士団の新人みたいな元気な返事だな。ほうれ」

基礎を教える必要はないと判断された俺は、それから毎日、朝に日が昇ってから、夜に日が暮れるまで、実戦形式での修業を続けた。

仮面の男は言う。

自分を殺すつもりで魔法を放てと。

「あの白い玉でもいいぞ。あんなのが命中したら、いくら優れた魔法使いである俺でも、この世から消滅してしまうだろうがな。魔獣なら魔石も残るけど」

魔獣を倒すと、その体内から魔石が獲《と》れる。

この魔石は魔法薬の調合に使用され、魔力が込められた武器や防具の製造に使われたり、魔法道具という、魔力で動く機械のようなもののエネルギー源として利用されたりしていた。

魔法道具は数少ない魔法使いの中でもさらに作れる者が少なく、希少で高価なため、ヘッケン辺境伯家の屋敷でもいくつか見た程度だ。

仮面の男から、俺が白い玉で消滅させたマジックボアの魔石を見せてもらったが、真《ま》っ赤で拳《こぶし》大ほどの大きさであった。

この量の魔石でどのくらいのことができるのか、オズワルトにも知識がないのでよくわからない。

魔石で魔力が回復できないのかと聞いてみたら、人間と魔獣の差から、それはできないと言われてしまった。

となると、日が暮れるまでに魔力が尽きないよう、上手にペース配分しながら戦わないと。

火の玉『ファイヤーボール』。

風の刃《やいば》『ウィンドカッター』。

氷の槍《やり》『アイスランス』。

岩の槍『ロックランス』。

魔法大全に記載されていた魔法を頭の中でイメージしながら、使用する魔力量を調整し、仮面の男に向けて放つ。

最初は、『もし命中してしまったら、仮面の男が死んでしまうかもしれない』と思ったので、できる限り威力を抑えようとしたが、『お前が俺に手加減するなんて百年早い！』と叱《しか》られ、次々と仮面の男が放った魔法を食らって傷だらけになってしまった。

言うまでもないが、もし彼が俺に向けて本気で魔法を放ったら、一瞬で死んでしまったはずだ。

ようするに、思いっきり手を抜かれているわけだ。

「全然当たらない！」

「修業を始めてまだ五日目のお前が、魔法を覚えて二十年以上経《た》つ俺に魔法を命中させることができたら、俺の立場がないだろうが。ほらよ」

「クソッ！」

突然地面から岩でできた棘《とげ》が飛び出し、俺の右足の甲を貫通して突き抜けた。

あまりの衝撃のせいか、俺は痛みすら感じない。

まだ修業中だという意識が働き、慌てて『岩棘』を引き抜くと大量に出血し、まるで思い出したかのように激痛が走った。

「っ！」

「いい年こいて泣くなよ。できるかどうかわからないが、治癒《ちゆ》魔法をかけてみるんだな。もし使えたら大したものだ」

魔法使いの中でも、治癒魔法使いはやはり数が少ない。

その存在はとても貴重で、治癒魔法を使える者がいると地球の病院に当たる仕事をしている教会が抱え込もうとすると聞いた。

大量の魔石や希少な薬草で作る治療用や毒消しの魔法薬は、作るのがとても大変なうえに、目の玉が飛び出るほど高くて、そう簡単に手に入るものではないからだ。

「傷、治れ……」

『岩棘』が貫通した足の甲に手を添えて傷が治るイメージを浮かべると、傷口が青白い光に包まれ、徐々に傷が塞《ふさ》がってきた。

「治癒魔法、使えますよ！」

「それは大したものだ。今初めてお前を褒《ほ》めてやる」

「ありがとうございます……」

魔法の師匠に、魔法で褒められた。

素直に喜んでもいいはずだが、この五日間、仮面の男と接した俺は嫌な予感しかしなかった。

本能、野生の勘から、ろくでもないことを言い出すような気がしてならなかったのだ。

「自分で治せるなら、もう少し魔法の威力を強められるな。俺も治癒魔法を使えるんだが、治療が不可能なほど瀕死《ひんし》の状態になったり、即死したりするなよ。いくら俺でも寝覚めが悪いからな」

（お前に罪悪感なんてないだろうが！）

結局その日は、日が暮れる前に治癒魔法の使いすぎで魔力が尽きてしまい、そのまま朝まで目が覚めなかった。

俺が、仮面の男とまともに戦えるようになるには、あとどれぐらいの年月が必要なのであろうか。


「おかえりなさいませ、オズワルト様」

「ただいま、ライオネル。こちらの様子はどんなものだい？」

「思った以上になにもないですね。私はあまりすることがないので、オズワルト様の剣となれるよう、さらに剣術を始めとする各種武芸の鍛錬《たんれん》に集中しています」

「そうか。頑張ってくれよ」


一週間ぶりに屋敷に戻った。

行きとは違って仮面の男が『飛行』で送ってくれず、自力で飛んできたので疲れた。

もし俺が『飛行』を使えなかったら、という想定を仮面の男はしておらず、自分も用事があるからと言って、修業している場所から先に去って行ってしまっている。

彼がなにをしに行ったのかは、教えてくれなかったので不明だ。

俺の我儘《わがまま》のせいで苦労をかけているライオネルだが、予想していたルーザや兄たちからの嫌味や嫌がらせはないそうだ。

さすがに少しぐらいは理性が残っているのか、ライオネルの身分を考えると興味がないのか。

彼の剣の腕前は領内でもトップクラスだと評判なのに、俺から引き抜こうという動きもないんだな。

「中堅家臣の五男なんて、みんなこんなものですよ。兄たちの嫉妬《しっと》もありまして……。だから私は、オズワルト様について行くことを決意したのです」

ヘッケン辺境伯家が、ライオネルを剣の腕前で抜擢《ばってき》する可能性はないということか。

下手に中堅家臣の五男を抜擢すると、兄たちが騒ぐかもしれない。

剣術に長《た》けた人材を探せば他にいなくもなく、ならばライオネルの実家の家督は嫡男に継がせた方が家中に波風が立たなくていい。

大貴族らしい考えというか。

でもライオネルは頭もいいし、俺からすると勿体《もったい》ないような気がするんだが、弟が抜擢されると兄たちは気分がよくないのだろう。

世界は変われど、人間の嫉妬とは恐ろしいものなのだから。

「ところでオズワルト様、成果はいかがでしょうか?」

「かなり魔法を使えるようになったよ」

「誰なのかあえて聞きませんが、素晴らしい魔法の先生に教わっているのですね」

「そういえば、父には魔法の先生を用意できたのかな?」

「いいえ、お館《やかた》様とバース様が、自分で魔法の教師を呼ぼうとした形跡はありませんね」

「そうか……」

やはり父とバースは、ルーザや側室たち怖さに魔法の教師を探すと口先で言っただけか。

自分たちは危ない橋を渡りたくないけど、俺には自分たちを支持してもらいたい。

かなりムシのいい考えだが、行動の自由を与えてくれた点だけは感謝しなければいけないのか。

「オズワルト様、お帰りなさいませ」

ライオネルと話をしていると、そこに専属メイドのミーアも姿を見せた。

「ミーアは、俺のせいで嫌がらせなどをされていないか?」

「大丈夫ですよ。専属メイドとしての仕事は、たまにオズワルト様のお部屋を掃除するだけなので、今は厨房《ちゅうぼう》のお手伝いをしているのです。ルーザ様たちはわざわざ厨房までいらっしゃいませんから」

「そうなんだ」

貴族の夫人が、そんなところに顔なんて出さないか。

「ええ、厨房では大変重宝されております」

ミーアも、メイドとしては極めて優秀だからな。

話をしてみると、ライオネルと同じで頭がよく理解が早い。

ヘッケン辺境伯領での将来にまったく期待していないからこそ、俺が一生面倒を見ると言ったら、すぐに協力してくれるようになったのだ。

「数日に一度、ご一家の夕食の席で給仕もするようになりました」

「どうせ俺の悪口ばかりだろうけどな」

たとえ内情がドロドロでも、一族全員で夕食を囲んで仲の良さをアピールする。

ヘッケン辺境伯家代々の習慣に逆らった俺が、その席で批判されないわけがないのだから。

「それが、ルーザ様も、御子息様たちも、他の奥様たちも、みなさんオズワルト様のことを心配しておられましたよ」

「料理がしょっぱすぎて、ついに脳味噌《のうみそ》に塩分が回ったのかね？」

「多分、安心したのだと思います」

「安心？」

俺はなにが安心なのかと、ライオネルに尋ねた。

「一族全員で夕食を共にするのは、ヘッケン辺境伯家代々の決まりです。それをサボっているオズワルト様が家督を継承する可能性がゼロになったのですから」

「俺がヘッケン辺境伯家の家督を？　元々あり得ないだろう」

俺の亡くなった母は平民で、俺の家督継承を支持する後ろ盾《うしろだて》が皆無《かいむ》なのだから。

もし奇跡的に当主になれても、家臣たちの支持がないのですぐに反乱でも起こされるのが関の山だ。

「しかしまったくのゼロではありませんでした。さらに、オズワルト様が突然魔力に目覚めた件もあります。心配だったのでしょうが、オズワルト様が自ら夕食を欠席するようになりましたので……」

「共に夕食をする者でないと、ヘッケン辺境伯家の家督を継ぐ資格はないということか。バカらしくて笑うしかないな」

他人、ましてや元日本人の俺からしたら、あまりにもくだらなくて笑うしかないのだが、あの偽りの家族団欒《だんらん》の席を、彼らはなによりも重要視している。

人がなにを大切に思うのかは、それぞれに違うものなんだな。

「では、俺が成人したらこの領地を出ても問題ないな」

「はい。ルーザ様と他の奥様たち、バース様以外の兄君たちは反対なさらないどころか、逆に応援してくださるのではないですか？　お館様とバース様は、あてが外れてガッカリされるでしょうけど」

父とバースは、俺に領地に残ってほしいと思っている。

だが、父の妻たちとバース以外の兄たちは俺が領地を出て行けば大喜びだろう。

一番に俺が邪魔だし、もし俺が父とバースを支持すると、家督争奪戦に影響が出てしまうからだ。

「『去る者は追わず』。実に素晴らしい」

「特に問題はないので、オズワルト様は魔法の修業に集中してください。それと、さすがにミハイル様、ラーレ様はお気づきになったようです」

「そりゃあそうだ」

今だって、俺は魔法で飛んで屋敷に戻ってきたのだ。

これにミハイルが気がつかなかったら、間抜けというよりも可哀想《かわいそう》になってくる。

「ますます俺は、滅多に屋敷に戻らない放蕩息子《ほうとう》を気取った方がいいな」

元の性格から考えると放蕩なんて似合わないが、ヘッケン辺境伯領内で魔法で目立つと、高位の神官で領内の教会を取り仕切っているミハイルの祖父ホルスト・ベンを敵に回してしまう。

ミハイルは魔法で『火種』しか出せないが、ヘッケン辺境伯の息子だから有力な後継者候補と見なされているのだから。

教会のゴリ押しで有力な後継者候補にしているのに、俺がミハイル以上の魔法の腕前を見せれば敵になるかもしれない。

「最悪、教会から刺客《しかく》が送られてきても俺は不思議に思わない」

「では、オズワルト様は今日のご夕食は？」

「欠席で！」

俺はミーアの問いに即答した。

「あのメンバーと一緒に食事をとっても全然美味しくないし、食事がしょっぱくて健康によくないから。こんなくだらない習慣、廃止すればいいのに……」

「古き伝統を守ってこその貴族、という考えがいまだ主流ですので」

現代日本でも、時代遅れのくだらない校則や法律がなかなか改まらないケースが多い。

ヘッケン辺境伯家が、高価な岩塩を大量に使ったしょっぱい料理を食べて富裕ぶりを誇るのも先祖代々続く大切な慣習なので、これを改めるなんてとんでもないと考えているのかもしれない。

俺は健康のこともあるので、なにを言われても絶対につき合わないけど。

「そのうち、味覚がおかしくなりそうだな。ヘッケン辺境伯家の人間は」

父は現在四十五歳だが、少し太り気味だし、血圧は大丈夫なのか？

どうせ俺が忠告しても聞き入れないどころか、ヘッケン辺境伯家の伝統を守らない俺の方が間違っているのだと叱られかねない。

俺がいた会社がそうで、下の人間がブラック労働の是正を提案しても、『定時までに与えられた仕事をこなせない無能な社員が悪い！』、『努力を怠《おこた》るような怠け者はいらない！』、『眠れないぐらいで体調を崩す奴は、自己管理が足《た》りないんだ！』などとキレるだけだった。

父も決して有能な当主ではないとわかってきたので、言うだけ無駄というものだ。

一日も早く魔法を覚えて成人し、この領地を出ていかなければ。

「出かけた師匠がすぐに戻ってくるかもしれないし、父に挨拶《あいさつ》だけしてすぐに帰る。

師匠がいなくても魔法の訓練はできるからな」

「わかりました」

「ライオネル、ミーア。あとは任せる」

そのあと父の下に顔を出したが、特になにも聞かれなかった。

軽く世間話をしただけだ。

魔法の習得具合を尋ねられると思ったのだが、多分父の横にいる執事がルーザたちと通じているのであろう。

もし俺の魔法の習得具合を知り、ミハイルあたりが刺客でも差し向けてきたら、父は困るからな。

俺は困らない。

もう魔法が使えるので、撃退するも逃げるも自由だからだ。

「オズワルト、健康に留意してな」

「父上のご配慮に感謝の言葉しか出ません。それでは」

健康については、父の方が心配すべきだけどな。

心の中ではそう思ったが決して口には出さず、俺は屋敷を出て『飛行』で修業場所へと戻るのであった。

「今日も、楽しい修業の始まりだぜ」

「毎日師匠にボコボコにされなくなれば、楽しい修業なんでしょうけどね」

「まずはいつものやつだ」

「はい」

　朝起きると、まずは仮面の男のままだと言いにくいので呼び方を変更した師匠と、座禅を組んで瞑想《めいそう》を始める。

　しかし、この世界にも座禅と瞑想なんてあったんだな。

　教会でそんなことをするとは聞いたことがないので、どこかの地方の風習かもしれない。

　コツは魔力を体中に隈《くま》なく回すイメージだそうで、これを続けると魔力が増えるそうだ。

　魔力を体中に回すと体内の魔力が整理され、魔力が効率化され、魔力量が増えていく。

どのくらい魔力が増えるのかは個人差があるが、師匠はいまだに少しずつ魔力が増えていると教えてくれた。

「俺が魔力に目覚めたのはかなり遅かったからな。その影響かもしれない。普通は二十～二十五歳前後で魔力の成長は止まるんだ」

「だから、それまでにちゃんと修業をしたほうがいいんですね」

「魔力が増えきらないまま二十五歳を超えると、もったいないからな」

俺はあと十数年ほどか……。

師匠のように年を取っても魔力が増える保証もないので、今は頑張ろう。

朝食を終えると修業の始まりだが、さすがに毎日魔獣の肉を焼いたものだけでは辛《つら》いので、自炊《じすい》するようになった。

パンは師匠が魔法の袋に収納しており、あとは魔獣の肉と野草などを調理したものだ。

味付けは塩や野生のハーブのみだが、ヘッケン辺境伯家の食事みたいに塩辛くないので普通に食べられた。

今は火起こしもやっておらず、やはり師匠が持っていた『魔導調理器』に鍋《なべ》をかけている。

魔導調理器はＩＨクッキングヒーターに形状が近く、この世界だと少し場違い感がある。

魔獣から獲った魔石をエネルギー源とする、便利な魔法道具であった。

「確か、魔法道具ってとても高いんですよね？」

「そうだな。だがこれは俺の自作だ」

「師匠は、魔法道具も作れるんですね」

「時間があったらお前にも作り方を教えてやるが、才能がなくて作れなかったら諦めろ。あっそうそう。魔法の袋の作り方を教えないとな。まあ、これは魔法使いなら誰でも作れる。作れなかったら驚きなんてもんじゃない」

魔法の袋とは、師匠が腰につけている革製の巾着袋《きんちゃくぶくろ》のようなものだ。

こんなに小さな袋に、魔法使いは色々なものを沢山《たくさん》収納することができる。

さらに、魔法の袋に入れたものは時間が経過しない。

植物以外の生き物は収納できないが、締めてあれば新鮮な魚を数年間収納しても腐らないというのは、さすがは魔法だと感心した。

魔法使いが重用され、簡単に稼ぐことができるのは、魔法の袋に商品を入れて輸送するだけでお金を稼げるからというのもある。

大量の荷を運ぶのに、多くの人や馬車を集めて商隊を組む必要がないので、輸送コストが圧倒的に安くなる。

なにより商隊での輸送中は、この世界は現代日本のように治安がよくないので、野盗や山賊、魔獣に襲われることもあった。

もしそれが原因で輸送していた荷物を失ったら、多額の損失を出してしまう。

失敗できない荷物の輸送を、魔法使いに頼むケースは非常に多かった。

商隊に頼むより割安だし、ほぼ輸送に失敗することがないからだ。『火種』しか使えないミハイルが大きな顔をしていられるのも、この辺りに理由がある。

「『飛行』が使える魔法使いなら、荷が届くスピードも段違いだ。だからお前のような魔法使いなら重宝されるさ」

俺がヘッケン辺境伯家を出ても、ライオネルとミーアの生活に責任を持ちながら、十分にやっていけそうだな。

「早速朝食のあとに作ってみるか」

「はい」

その前に、マジックボアの肉と野草のポトフとパンで朝食をとる。

実は、ポトフもシチューも俺が勝手にそう呼んでいるだけで、ただの汁物とも言う。

レパートリーが非常に貧困なのは、日本のように豊富な調味料や食材が存在しないからだ。

まさか、この周辺にスーパーマーケットやコンビニがあるとも思えない。

食材はその気になれば色々と採取できるのだが、やはり味付けが塩だけだとな。

朝食を食べながら師匠と話を続ける。

「魔法の袋だが、実は二種類存在しているのを知っているか？」

「はい」

俺が元から知っていたのではなくて、オズワルトの知識からだけど。

「専用と汎用《はんよう》の二種類がある。専用は魔法使いなら簡単に作れるが、作製した本人しか使えない。しかも、容量はその魔法使いの魔力の量に比例する。汎用は誰にでも使えるが、稼働と維持にも魔石が必要だ。作るのがとても難しくてその分数も少ないし非常に高価だが、市場に出たらすぐに売り切れてしまう。主に、王族、大貴族、大商人が買い占めてしまうんだ」

汎用の魔法の袋に物を入れた状態で魔石の魔力が切れると、二度と取り出せなくなるのだという。

注意が必要だな。

それでも魔法の袋があれば補給の労力の軽減が可能だから、特に軍に重宝されそうだ。

大商人も、長い目で見たら輸送コストを大幅に削減できるはず。

「ごちそうさん、じゃあ専用の魔法の袋から作ってみるか。材料の魔獣の革は沢山あるから、何度失敗しても構わないぜ。そんな間抜けの魔法使いは見たことがないけどな」

「……」

相変わらず、微妙なプレッシャーをかけてくるな。

俺は、師匠から貰《もら》った魔獣の革を袋状に加工し、巾着を締《し》める紐《ひも》を取り付け、袋の内側にいくつかの魔石を入れてからナイフで指を切って血を少し垂らし、最後に自分の魔力を袋に込めた。

すると一瞬だけ魔法の袋が眩く光る。

「成功だ。簡単だったろう？」

無事に魔法の袋が完成したので、試しにその辺の石などを出したり入れたりしてみるが、魔法の袋に収納されたり、飛び出してくる様子はとても不思議だった。

「まあ、なにを入れたか忘れると、永遠にその品は別の時空を彷徨《さまよ》うことになるけどな」

「メモが必要なんですね」

「ああそうだ。次は魔導調理器だな。これがあると野営で便利だぜ。これも作り方は簡単なんだ」

材料は板状の石なので、『ウィンドカッター』でその辺の岩をスライスした。

続けて板状の石の上に複数の魔石を置き、やはり自分の血を垂らしてから、魔力を込める。

魔法の袋と同じような製作工程だが、再び一瞬だけ魔導調理器が眩《まぶ》しく光ったので成功だ。

「仕組みや理論がまったくわからないですね。魔法道具って、どうしてこんなに単純な作りで、魔力を込めるだけなのに動くんだろう？」

魔法と科学との大きな差というわけか。

「一見簡単そうに見えるが、魔法道具が作れるかどうかは完全に才能によっているからな。沢山作れないから高いし、なかなか世間に普及しない」

科学のように、勉強すれば誰でも利用できるようにはならないわけか。

「それに俺は作れないが、色々な材料を使って複雑な仕組みをしている魔法道具だと、設計図を書かなければいけなかったり、より魔法使いとしての才能が大きく関《かか》わってくるのさ。当然作れる魔法使いは少ないから、ビックリするような値段がするしな」

この世界では工業化が進んでいないので、余計に魔法道具は貴重なのだと思う。

「魔法の袋と魔導調理器があれば、とりあえず魔法使いが困ることはないからな。野営も自炊も簡単にできる」

「……師匠は、自分で料理をしないのですか？」

「俺はもう、十年以上も自分で料理をしていないからな。忘れてしまったよ。以後も、料理はオズワルトの担当だ。これが月謝の代わりか」

一人暮らしをしていて、一応自炊経験があって助かった。

「もっと難しい魔法道具は、自分で頑張ってみるんだな。じゃあ通常の修業に戻ろう」

通常の修業とは、今のところは毎日師匠に傷だらけにされるだけなので、魔法道具作りは久しぶりに楽しい時間だった。

「俺はいちいち細かい魔法なんて教えねえよ。魔法大全でも見て試してみな。使える奴は使えるし、使えない奴はいくら練習しても使えない。そんなものさ。この修業も、俺がもうそろそろいいかなって感じたらそれで終わり」

「師匠、適当すぎますよ」

「こっちは無料で教えてやってんだから感謝しろよ。まあ月謝を貰ったとしても、教え方は同じだけどな」

「同じなんだ……」

「大したことない魔法使いに限って、積極的に弟子を取ってチンタラ魔法を教えていやがる。弟子たちにチヤホヤされて、『なんて自分は素晴らしい魔法使いなんだ！』って思いたいんだろうぜ。オズワルトは知っているか？　月謝目当てに、魔力がない奴に魔法を教えている魔法使いがいるんだぞ。何年教わっても物一つ浮かばせることができないのに、律儀に決して安くもない金を払い続ける方もどうかと思うけどよ」

「努力を続ければ、いつか魔法が使えるようになると思っているのでは？」

「へっ、大方、魔法使いに魔法を習っている自分は、その辺の人間よりも優れていると思いたいだけだろう」

「……身も蓋《ふた》もないですね」

「世の中に少しは、本音で語る奴がいてもいいだろうよ。それよりも大分負傷しなくなったし、俺に放つ魔法も種類が増え、威力が上がってきたじゃないか。傷を治すのも早くなった」

夕方、俺は実戦形式で師匠により傷だらけにされた体を治癒魔法で治していた。

言うまでもないが、これでも俺はかなり師匠に手加減されている。

それはそうだ。

魔法を二十年以上も使っている師匠と、まだ一ヵ月も経っていない俺とでは、実力に大きな差があって当然なのだから。

俺も色々と魔法を放ってみるが、当たらないか、『シールド』によって容易に防がれてしまう。

魔法もいちいち教えてくれない。

屋敷にあった魔法大全は、それなりの貴族か教会、お金持ちの家であれば必ず置いてある本なのだそうだ。

これを参考に魔法を使ってみて、使えたら才能があるという非常にアバウトな世界である。

子供の頃《ころ》にこの手のゲームで遊んでいたため、それなりに知識がある俺は魔法を知っている方、だそうだ。

師匠は、オズワルトの中身が令和日本のサラリーマンだなんて思いもしないだろうけど。

「個々の魔法の習得、魔力を無駄遣いしないための効率化、便利に使うための工夫《くふう》。それは自分で空いている時間に試せ。俺が使えるからと言って、お前がその魔法を使える保証もないし、その逆も然《しか》りだ。魔法の修業ってのは一生続くものなのだからな」

「深い話ですね」

「どこがだよ。それにしても、随分と治癒魔法が上手になったじゃないか」

「練習回数は多いですからね。自然と上達して当然と言いますか……」

あまり深い傷を負わないが、俺が少しでも隙を見せると、師匠から圧縮した空気の塊《かたまり》をぶつけられて青痣《あおあざ》ができたり、打撲《だぼく》を負ったりしてしまう。

他にも、火傷《やけど》、凍傷、切り傷。腕に石の矢が刺さったり、腹を貫通したりと。

まったく容赦《ようしゃ》がないように思えるが、もし師匠が本気で魔法を使えば、今の未熟な俺なら一瞬で殺されてしまうだろう。

戦い続けられる程度に俺に傷を負わせ、決して重篤《じゅうとく》な状態にしない。

それが簡単にわかるほど手加減されており、師匠は俺に魔法だけでなく、それを用いた戦闘術を教えてくれているのだ。

「それがわかるだけでも、世間のボンクラ魔法使いよりもマシだけどな」

「読心術でも使えるのですか？」

「まさか。年長者が経験から導き出したものさ」

常に仮面を被《かぶ》っており、ビックリするほど口が悪いし、俺が作る食事によく文句を言うが、師匠は真面目《まじめ》に俺に魔法を教えてくれている。

それに応《こた》えることこそが、師匠に対するお礼になるだろう。

「傷を治したら、夕飯を作れよ」

「わかりました」

魔獣の肉や野草を煮込んだり焼いたりするのに飽きたので、今日は新しい料理を試してみることにした。

空を飛んでいた鳥を捕まえ、羽を毟《むし》り、小さな魔石と内臓を取り除き、お腹の中に野草、ハーブ、木の実、掘り出した野生の芋《いも》をカットしたものを入れ、師匠から貰った針と糸でお腹を縫《ぬ》ってから表面に岩塩とハーブを塗りたくる。

これを大きな葉っぱで包んでから大鍋に入れ、魔導調理器にかけると蒸し焼きになるというわけだ。

「鳥の肉の蒸し焼きか。考えたな」

「魔獣の肉を焼く、煮るのはもう飽きたって言ったじゃないですか」

「そうだったかな？　美味《うま》そうだからいいか」

この世界の料理が似通った味になってしまうのは、やはり基本的な調味料が塩しかないからであろう。

一応塩も、岩塩と海の塩というカテゴリーに分かれているのだが、味にそれほど差はない。

（醤油《しょうゆ》や味噌《みそ》が懐かしくなってくるな……）

そろそろ完全に火が通ったと思うので、大鍋から取り出して葉っぱを取り除くと、鳥肉の蒸し焼きが完成していた。

食べやすいように切り分けてから、お腹の中に入れていた野草や野生の芋を副菜としてお皿に添えて出す。

芋にもちゃんと火が通っていたな。

「これはいいな。毎日飽きたと言っているが、実はここでの飯は悪くないとは思っている。俺のところの飯は塩辛いってわけじゃないんだが、調味料が塩しかないからだろうな。魔獣や野菜クズで出汁《だし》を取り、そこに魔獣の脂《あぶら》を混ぜて乳化させて作った、コッテリとしたソースをかけるんだよ。俺は脂っこくてちょっと苦手なんだが、マナーでソースを残すのは下品とされるし、ソースにえらい手間をかけると思ったら、肉自体は火を通しすぎて硬かったり、野菜は茹《ゆ》ですぎてグズグズだったりと。俺は自分のところで飯を食うのは苦手なのさ」

「わかります」

「お前もヘッケン辺境伯家の子供だからな。古くから続く伝統的なメニューに苦労しているんだろう？」

俺はすぐに食べなくなったが、ヘッケン辺境伯家の夕食がまさにそれだった。

それに似ているということは、師匠はかなりいい家の貴族か、その一族なんだろう。

実は師匠が食事をとっている様子を見ると、マナーがしっかりとしているのもあって、推察は容易だった。

「マナーなんて、誰が習ってもある程度は身につくものさ。魔法は知らないがな」

「師匠、どうして俺に魔法を教えてくれるのですか？」

「どうして？　教えるのに理由なんて必要なのか？」

「なにかしら理由はあるんじゃないかなって、思いまして」

「そうだな……」

師匠がかなり身分が高い人なのは確信した。

仮面は、その正体を隠すため。

だが、そんな師匠がヘッケン辺境伯家の五男に魔法を教えるメリットなんてない。

もしや、実は彼は父かバースが用意した魔法の教師、なんてことはないだろうな。

もしそうだったら、雇い主であるヘッケン辺境伯家のことを皮肉ったりしないはずだ。

魔法が使える人が増えれば、この世の中がよくなるからとか。

まさかな。

それこそ綺麗事《きれいごと》というものだ。

現実問題としてヘッケン辺境伯家には家督争いが存在し、俺も次期当主になれる可能性がゼロではない。

そんな俺がもし魔法を使えるようになれば、嫡男であるバースはともかく、他の兄たちには不利益になってしまう。

確実に俺の魔法習得を邪魔しようとするはずで、特に『火種』しか出せないミハイルは絶対に俺の魔法習得を阻止《そし》しなければならない。

俺がヘッケン辺境伯家の夕食に参加しなくなったのは、自らヘッケン辺境伯家の家督を継ぐつもりはないという意思をあらためて示したかったから。

そこはみんな理解してくれたようだが、父とバースは俺に支持してもらいたいと、さらに強く願うようになったはず。

だから俺の放蕩が許されているわけで、だが今のところ、俺の本当の気持ちを二人に語っても問題が増えるだけだ。

今は静かに魔法を習いながら、成人するまでの日々を待たないと。

「強《し》いて言えば、この世界に一人でも多くの魔法使いを増やし、この世界をよりよくしていくためかな」

「……」

「なんだ？　もの凄《すご》い疑いの目で見られているな」

「いやあ、さすがにそれはあり得ないかなって……」

「オズワルト、俺とお前はまだ出会って一ヵ月も経っていないんだ。それで俺のなにがわかるって言うんだ？」

「確かに、俺と師匠が出会ってまだ短いですけど、これまでの言動を考えると、それはないかなって」

「ったく、お前はまだガキなのに、妙に大人っぽい部分があるな。生まれた環境のせいか、それとも生まれつきか」

「生まれつきですね。夢見る性格じゃないんですよ、きっと」

本当は、日本でブラック労働に勤《いそ》しんでいた、根がネガティブなサラリーマンだったからだ。

子供じゃないので、あまり夢を見られないようになっていたのだ。

「夢を見すぎて早死にする奴もいるから、それはそれでいいと思うがな。とにかく、お前がそれなりに魔法を覚えて、それなりに魔法が使えるようになれば、俺との修業は終わりだな」

「それは、どのくらい先のことなのですか？」

「お前の才能次第《しだい》だ」

それからも、週に一度屋敷に戻って父に会う以外は修業が続いていた。

徐々に使える魔法の種類が増え、師匠に負傷させられる頻度も減ってきた。

魔法の修業は順調であったが、およそ一年後。

俺は思わぬ事件に巻き込まれることとなる。

第5話　辛《つら》い卒業試験

「このヘッケン辺境伯領内に、山賊団が出現したのですか？」

「ああ、南部にある村や町へと移動する商隊が襲われたり、いくつかの村も襲撃を受けているそうだ」

「山賊ですか……」

師匠と魔法の修業を始めて一年が経《た》った。

大分魔法の腕も上達し、恒例となった週に一度の顔出しをすると、父は南部で活発に行動する山賊団のことを教えてくれた。

同じ南部でも、俺《おれ》と師匠はヘッケン辺境伯領の南領地境近く、いまだリューク王国に従わない独立領や小国が点在する土地で修業を行っている。

その理由は人気《ひとけ》がなく、師匠との対戦形式の訓練に適していることの他《ほか》に、未開地ゆえに巨大な魔獣を魔法で倒す訓練も続けられるからだ。

様々な魔獣に対処できるようになったばかりか、魔石の回収と、その解体方法なども師匠は教えてくれた。

肉や内臓は食材となり、骨も食材か、魔獣の種類によっては魔法薬、工芸品、魔法道具の材料にもなる。

魔獣の体内にある魔石はお金になる。

俺が領地を出ても魔法使いとして独り立ちできるよう、資金稼ぎをさせてくれて、必要なスキルも教えてくれるようになったわけだ。

それはとてもありがたいことだが、週に一度しか屋敷に戻らないので、少し世情に疎《うと》くなってしまうのが欠点かも。

どうせ領地の外の世界については、本の知識と、師匠からの話でしか聞いたことがないので、結局は同じこととも言えるけど。

父は、山賊退治に俺を動員し、有力な駒《こま》としてアピールするだろうか。

「肝心《かんじん》の山賊だが、バース、ゾメス、セルドリック、ミハイルがその退治に立候補してくれてな。オズワルトは心配しなくてもいいぞ」

「おおっ！　兄上たちが、勇ましくも山賊退治に名乗りを上げたのですね。それは心強い」

「まあな……」

またも、微塵《みじん》も思っていないことを言ってしまった。

父の態度から見ても、そんなわけがないというのは明白だ。

山賊退治の功績によって自分が後継者争いで優位に立てるよう、兄たちが本来の目的を忘れて競争を始めるはずだと、父にはわかっているのだろう。

そしてそれを、自分では止められないことも。

貴族は有事の際には軍人として活躍しなければならないので、当然腕っ節が強い方が支持を得やすい。

その辺は武士と同じだ。

領内の治安を乱す山賊退治で活躍してこそ、次期当主として相応《ふさわ》しい。

そして、山賊を退治したのは自分だとアピールしたい。

それぞれに母親の実家が手を貸すだろうから、言い方は悪いが『山賊退治レース』となってしまうわけだ。

領民たちの安全のため、という本来の目的を忘れているような気もするが、それを俺が言うと角が立つ。

ましてや、俺が山賊退治に参加するなんて言ったら、最近ようやく兄とその母親たちからの嫌がらせがなくなったというのに、元の木阿弥《もくあみ》になってしまう可能性が高かった。

(父も、俺が山賊退治に参加しても、家族間の余計な揉《も》め事が増えるだけだと思っているはずだ。なにより、これは戦争じゃない。領内の治安維持行動で、山賊の数なんてたかが知れているんだ。兄たちが率いる軍勢で、十分に対処できるはずだ)

最近、魔獣相手なら躊躇《ためら》いなく狩れるようになったけど、いくら山賊でも人間との戦いは勘弁してほしい。

俺は父との話を終えると、そのまま『飛行』で修業場所へと戻る。

師匠はまたどこかに出かけているようだが、一人で魔法の修業も兼ねた狩りをしながら待っていると、数時間ほどで戻ってきた。

そして俺に、とんでもない話を仮面越しに伝えてきた。

「山賊狩り？　俺がですか？」

「そうだ。お前は、ヘッケン辺境伯領を出て魔法使いとして自立したいんだろう？」

「はい」

「じゃあ、山賊くらい狩れないとな」

「無理に山賊を狩る必要はないのでは？　魔法使いなら、町で魔法道具を作ったり、魔獣を狩るハンターになればいいのですから」

ようやくこの一年で魔獣を魔法で殺すことに慣れてきたというのに、今度は人間か……。

いくら悪人でも、人間を殺すのには躊躇《ちゅうちょ》してしまう。

なにしろ俺は、平和だった日本で生まれ育った人間なのだから。

「なにを甘っちょろいことを。魔獣を狩るハンターだって、時おり山賊、野盗の類《たぐい》と遭遇することがあるんだぜ。さて、お前ならそいつらをどうする？　お前を殺して身ぐるみ剝《は》ごうとする連中だ」

「無理に殺さなくても、動けなくして詰所に突き出せば……」

さすがに、殺すのはどうかと思ってしまうのだ。

「一人や二人でそいつが弱ければいいが、数が多かったらどうする？」

「逃げればいいのではないかと」

魔法を使えば、多少数が多くても魔法使いじゃない山賊たち相手なら簡単に逃げられるはずだ。

「生まれがいいからなのか……。いや、逆に悪いともとれるな。とにかくお話になららないから、明日からは特別訓練メニューだ。わかったな？」

「……はい」

師匠からの命令は絶対とは言わないが、彼は決して俺に役に立たないことを教えなかった。

俺が山賊退治をすることに大きな意味があるのだと思いつつ、その日の夜はしばらく眠れない時間を過ごしたのであった。


「さて、お前の知識だと、山賊ってどんな連中だ？」

「税が払えなくて逃げ出したどこかの領地の元領民、もしくは臣民。または、戦で敗れた兵士たちが人里離れた場所に隠れ家を作り、近隣の村から略奪《りゃくだつ》をしたり、商隊を襲ったりする、でしょうか？」

「正解だな。それで、彼らについてはどう思う？」

「確かに彼らは犯罪者ですが、山賊にまで落ちぶれた事情によっては、更生《こうせい》する可能性もあるのかなって思います」

「ふうん。いかにも、生まれの良いお坊ちゃんが言いそうな回答だな。ちょうどいい。

この前空を飛んでいたら、たまたま山賊の隠れ家を見つけたんだ。そいつらを退治しようじゃないか」

「あの……。今、ヘッケン辺境伯領では、大規模な山賊退治が始まったところですよ」

嫡男《ちゃくなん》のバースは、ヘッケン辺境伯家諸侯軍から選抜した精鋭と、ルーザについてきた元アモス伯爵家の武官が数名指揮官として一軍を編成。

次男のゾメスには、祖父がヘッケン辺境伯家の従士長なので、バースに対抗するかのように諸侯軍から優れた指揮官や兵士たちが同行していた。

三男のセルドリックは、やはり祖父であるヘッケン辺境伯家の財政責任者カルステン・デーナーが、家中一と謳《うた》われる財力を用い、優れた傭兵《ようへい》やハンターたちを雇って兄たちと張り合っていると聞く。

そして四男のミハイルの部隊には、王都にある教会本部から派遣されている聖堂騎士隊員が指揮を執《と》り、多くの聖堂警備隊員が参加していた。

それでもせいぜい数十名単位だが、それだけの人員を何日も動かすと大金がかかる。

しかも四隊に分かれて競争など、ヘッケン辺境伯家だからこそできたことなのだ。

兄たちが全員で協力し合えば半分ぐらいの人員で済んだはずだが、それができていれば最初から彼らはいがみ合っていない。

父は内心ガッカリしていると思うが、無駄遣いだと、子供と妻たち、その後ろにいる大貴族や重臣たちに言えない時点で、あまり同情する気にならなかった。

自分が当主なのだから、強く言えば済む話だ。

「俺が見つけたのは、お前の兄たちが探している山賊たちとは違う。彼らはもっと北に隠れ家があるんだ」

「兄たちはこれから山賊を探すのに、師匠はもうその居場所を摑《つか》んだのですね」

「まあ、俺の手にかかればそのくらいは余裕さ。お前の兄たちと標的が被《かぶ》る心配がないから、お前はその山賊を退治しろ。これも修業だから、拒否することは許さない」

「わかりました」

こうして俺はなんの偶然か。

ほぼ兄たちと同時に、領内の山賊を退治することになったのであった。


ヘッケン辺境伯領の南端。

小さな村がいくつか点在している地域から少し離れた山の中に、その洞窟《どうくつ》はあった。

二名の薄汚い男性二人が槍《やり》を持って見張りに立っているが、欠伸《あくび》をしたり世間話に興じていたりと、真面目《まじめ》に見張っているようには見えなかった。

「警戒心はゼロですね」

「そりゃあそうだ。連中には、脅威なんてないんだから」

「ですが、ヘッケン辺境伯家は山賊と野党の討伐《とうばつ》に兵を出しましたよ」

兄たちが四隊に分かれての行動なので効率は悪いが、逆に考えれば行動範囲は広くなる。

当初発見できていなかった山賊や野盗を見つけられるかもしれない。

「お前、ヘッケン辺境伯家の連中が兵を出す範囲をちゃんと確認したか？」

「いえ、していませんが……」

領内の山賊と野盗の討伐なのだから、領内すべてを回るのでは？

「ヘッケン辺境伯領の広さを考えたことあるのか？　お前は『飛行』できるようになったから、お屋敷から数時間も飛べばここに辿《たど》り着ける。だが、数十人の軍勢がここまで移動するのは骨だぜ。魔法の袋があれば必要な食料や物資、水を運ぶ馬車は必要ないが、あいつらは功績争いに託《かこつ》けて四隊に分かれてしまった。いくらヘッケン辺境伯家でも、汎用《はんよう》の魔法の袋を一度に四つも貸さないだろう。汎用の魔法の袋ってのはとても希少だし、大貴族が広大な領地を治めるためには、軍事行動以外でも魔法の袋ってのが必要でな。そう簡単には貸さないさ」

「ミハイルは、専用の魔法の袋を持っているはずですが……」

「一日に『火種』を数回出して魔力切れの魔法使いが作った、専用の魔法の袋になにを期待しているんだ？　俺は教えたよな？」

「はい。作った魔法使い本人しか使えない魔法の袋の容量は、その魔法使いの魔力の量に比例する……」

ミハイルの魔法の袋では、数十人の軍勢が数百キロを往復するのに必要な食料、物資なんて到底収納できない。

彼の魔力はとても低いからだ。

「狩猟しながら進軍するとか？」

「お前なぁ、兄たちの目的を忘れたのか？　山賊、野盗の類を討伐、捕縛《ほばく》することだぞ。その前に狩猟で疲労困憊《こんぱい》したり、死傷者を出してどうするんだよ？　魔獣なんて人気のないところに行けば行くほど、同じ種類でも大きくて凶暴なんだ。優れた魔法使いならともかく、兄弟喧嘩《げんか》で戦力を割るような連中に両方は無理だ。そもそも、連中はここまで南下して来ないさ」

「でも、ここに山賊が……」

「ヘッケン辺境伯家としても、お屋敷を中心とした中央部の治安が回復すればいいのさ。これは他の大貴族たちにも言えることだが、その土地を支配していますと公言していても、案外外縁部の統治は適当だぜ」

「そうなんですか？」

日本では地方の過疎化《かそか》が問題になっているけど、さすがに治安は保てているのに……。

「この辺にもヘッケン辺境伯家から代官が派遣されているが、山賊たちはなんの危機感も抱いてねえ。この辺りからの税収なんて微々たる額だし、しっかりと統治すると赤字になる。代官に丸投げして、決められた税が中央に送られてくればなにも言わないのさ。お前の兄たちにしても、苦労してこんなところまで来て山賊なんて退治しても目立たないからな。行けそうな範囲にいる山賊を、他の兄たちよりも先に討伐したいだけのはず。お前の兄たちの後ろにいる重臣やら教会も同じ考えなのさ」

「……」

その結果、南端にいる山賊は放置しているのか。

多少周縁部の治安が悪くても、ヘッケン辺境伯領の統治に大きな支障はないのだろうけど……。

「特にここから南には、いまだリューク王国に帰属していない小国や独立領主も点在している。リューク王国も、ヘッケン辺境伯家も、旨《うま》みの少ない南方への出兵には消極的だ。なにしろ北方には、サッパーズ帝国があって、リューク王国とは緊張状態にあるのだから」

このワース大陸には、二つの大国が存在する。

ヘッケン辺境伯家が属しているリューク王国と、北で国境を接しているサッパーズ帝国だ。

両国の国境付近に領地を持つ貴族たちが、領地や利権争いで常に小競《こぜ》り合いを続けており、数年に一度両国の軍勢が睨《にら》み合う。

オズワルトの記憶でも、五年ほど前に両国の大軍が国境を挟んでしばらく陣を敷いていた。

もっとも、両国の大軍は睨み合うことはあっても、ここ数十年は大規模な戦闘が発生していない。

ちなみに、父とバース、ゾメスは成人していたので、軍勢を率いて五年前の一件に参加している。

睨み合っただけなので、犠牲者もなく、戦功も稼げなかったようだけど。

「リューク王国としては、南の未開地やそこにいる小国や独立領主に構っている間に、サッパーズ帝国が攻め込んできたら困るのさ。南のゴタゴタは、ヘッケン辺境伯家に任せるって方針だな。言い方は悪いが、蓋《ふた》みたいなものだ」

理解はできたが、肝心のヘッケン辺境伯家は水面下で家督争いが続いているけどね。

「嫡男バースは、リューク王国中央の大物法衣《ほうえ》貴族アモス伯爵家の紐《ひも》付き。ミハイルは、教会の紐付き。大貴族の重臣で領内の教会を統括している神官は、忠誠心が領主じゃなくて中央の教会本部に向いている奴《やつ》も多い。他の兄二人は、代々その地に根を張る地元有力者の紐付きだ。ヘッケン辺境伯家の重臣ってのは、元は王族であったヘッケン辺境伯家がこの地を征服した時に家臣化した、元独立領主が先祖なんだよ。いまだ独立心が強いから、自分の家の血を引いた子を当主にして、ヘッケン辺境伯家の実質的な乗っ取りを画策するわけだ」

確か、ヘッケン辺境伯領が成立して二百年ほどと聞く。

初代はリューク王国の王子だったそうだが、いまだこの地の有力者たちは、リューク王国に完全に屈していないのか。

「詳しいですね」

「そういう情報が入りやすい立場なのでね。そんなわけで、お前がここの山賊たちを煮ようと焼こうと、ヘッケン辺境伯家の人間は気にしない。理解できたか？」

「あの……。この辺を統治している代官は怒らないんですか？」

他人の職責を侵《おか》すと反発が大きい。

役所や大きな会社のみならず、俺が働いていた微妙な規模の会社でもそうだったのだから。

「怒らないというか、怒れないだろう」

「怒れない？」

「お前は本当にお坊ちゃんだよな。この辺に住んでいる住民たちが、代官に山賊の存在を知らせなかったと思うか？」

「もしかして……」

この地の代官は、山賊たちを黙認しているのか？

「いや、でもさすがに……」

ヘッケン辺境伯家は、今山賊の討伐をしているんだぞ。

山賊の存在を知りながらも、黙認している代官を罰《ばっ》しないなんてあり得るのか？

「ヘッケン辺境伯家もそう簡単に遠い南の地の状況なんて摑めない。距離が離れるとな、代官が山賊と通じていても気がついていないのさ」

「代官が、山賊と通じている？」

もしそれが事実なら、その代官は悪徳代官なんてもんじゃないじゃないか。

「酷《ひど》い代官ですね」

「まあ、一面的に見ればそうかもな」

「一面的に？」

「代官としても、裏取引は苦肉の策なんだよ」

「どういうことでしょうか？」


山賊と組んでいる代官に、弁護すべき点なんてあるのか？

「周縁部から上がる税なんて微々たる額だから、予算不足で代官にはろくな兵力がないんだ。じゃあ現地で兵を雇えって？　そんな予算もねえ。こんな周縁部に任じられる代官なんて、ヘッケン辺境伯家でも下から数えた方が早いか、冷や飯食いって相場が決まっている。自分の給金から人を雇っても数名が限度か。そいつらだって、命がけで山賊と戦えって言われても困るだろう。俺だって同じ立場なら嫌さ」

「詰んでますね」

「だから、代官は山賊と取引をした。自分はヘッケン辺境伯家が決めた税を中央に送れればいい。山賊たちにはやりすぎるなよと」

ヘッケン辺境伯家と山賊。

両方から搾取《さくしゅ》されるこの地の領民たちは、堪《たま》ったものじゃないな。

ブラック企業の社員がマシに思えるレベルだ。

「だが領民たちがここに住み続ける以上、我慢するしかないさ。逆に考えると、山賊は根こそぎは奪わない。もしそれをすると、自分たちも干《ひ》からびるからな。悪党なりに程度を弁《わきま》えるわけだ。それに、連中も最初は悪党じゃなかった」

山賊、野盗の類は、苛政《かせい》に耐えられずに故郷を捨てた者たちばかり。

ヘッケン辺境伯領南端にいるということは、ヘッケン辺境伯家の統治に耐《た》えられずに逃げ出した元領民たちも混じっているということだ。

（あんなクソみたいな、偽りの家族の結束を見せつける夕食のためにか……）

ルーザと他の妻たちは、ヘッケン辺境伯の妻に相応しく常に豪華に着飾《きかざ》っており、その他にも、美容と健康、他の貴族の妻たちとのつき合いに金を使い、高価な砂糖をふんだんに用いたお菓子を沢山《たくさん》食べ、年齢もあってふくよかになってきた。

それでいて、オズワルトの母を虐《いじ》め殺し、俺にまで嫌がらせをしてくる。

（彼らが山賊になる気持ちもわかるな）

「とにかく、あの山賊たちをお前なりになんとかしてみな。やり方は任せるが、今お前が思っている気持ちが最後まで保てればいいな」

「……わかりました」

師匠は、なにが言いたいんだ？

だが悔しいことに、彼の意地悪な発言は的を射ていることが大半だった。

（師匠はなにを知っているんだ？　いや、今それを考えても仕方がないか。ようは、山賊たちを殺さずに無力化すればいいんだ）

「頑張れよ」

相変わらずな師匠の返事に慣れてきたので、俺はそれを軽く聞き流し、山賊の隠れ家へと近づく。

師匠から提示された新しい修業のスタートだ。

「……地元のガキか？　俺たちになんの用だ？」

「去年、村の連中が差し出した女たちの身内か？　だったら尻尾《しっぽ》を捲《ま》いて、とっとと逃げ出すんだな。女たちはもう、故郷に戻りたくないってよ」

「諦《あきら》めが肝心ってものだぜ。坊主。俺たちの機嫌《きげん》がいいうちに消えな」

「……」

俺は山賊というものを、創作物でしか見たことがない。

山賊になった事情を知っていたので同情していたが、彼らの野卑《やひ》で挑発的な言動を前にしたら、その気持ちがすぐに失《う》せてしまった。

だが、これまで人を傷つけた経験すらない俺が彼らを殺す度胸はなく、『念力』で見張り二人の足をへし折った。『念力』は意思の力だけで物体を動かす魔法だ。

これでこの二人は、もう動けなくなった。

「痛《いて》ぇ！　痛ぇよう！」

「足があり得ない方向に曲がってるじゃねえか！　敵襲だぁーーー！」

「甘ちゃんだなぁ、大貴族のお坊ちゃまはよ。甘ちゃんすぎて、口の中の歯が全部虫歯になりそうだぜ」

「っ！」

気がついたら、俺の耳元で師匠が小声で呟《つぶや》いてきた。

「いつの間に、俺の真後ろに……」

この一年、大分鍛《きた》えて他人の気配にも敏感になったはずなのに、師匠にはまったく通用しなかったなんて……。

俺の真後ろにいる師匠が言葉を続けた。

「確かにこいつらは、最初は食い詰めて仕方なく山賊になったのさ。山賊や野盗になっても、全員が生き残れるわけじゃない。人間が住んでいない土地に隠れ住むから、そこにいる魔獣に殺されてしまう奴も多い。商隊を襲うにしても、向こうが護衛を雇ったり、商人にだって武芸に長《た》けた者はいるんだ。必ず強奪に成功するわけがないのさ。そんな試練を乗り越えたこいつらは、ある事実に気がつく。なんだかわかるか？」

「わかりません……」

「こいつらは、もう強者なのさ。この地域限定ではあるがな」

この近辺にある村から食料や女性を提供させ、代官とも取引をしているから、この地に住んでいる限りは強者、支配者なのか……。

「魔法を習ってまだ一年のお前が、強者に情けを見せるなんて滑稽《こっけい》だな。現に、お前がこの二人に情けなんて見せるからよ。ほら、悲鳴を聞きつけた応援が出てくるぜ。どうするんだ？　お前」

「……」

俺が返事をする前に、背中から師匠の気配が消えた。

そして、洞窟の奥から数名の武装した山賊たちが出てくる。

「だから殺せって？　俺は魔法が使えるんだ！　そんな必要はない！」

全員を戦闘不能にすればいいだけの話だ。

野蛮人でもあるまいし、すぐに殺すなんてまるで殺人鬼じゃないか。

洞窟の中から迫り来る山賊たちの槍の穂先を『ウィンドカッター』で切り飛ばし、手足を『念力』でへし折って戦闘不能にした。

負傷した山賊たちが悲鳴をあげながら助けを呼ぶが、今度は誰も出てこない。

「手強《てごわ》いと見て籠城を決めたな。今負傷して倒れている仲間たちを見捨てる決断をした。なんと可哀想《かわいそう》な食い詰め者たちだ。きっと、苛政を敷く悪い貴族たちの犠牲者なんだろうな。おお、なんと哀《あわ》れな」

師匠は俺の手助けはしないが、俺の後ろから色々と呟くようになった。

その内容はとても毒舌で皮肉に満ちていて腹は立つが、間違ってはいないので反論はできない。

「それなら、俺が洞窟に突入してケリをつければいいんです」

「頑張れよ」

「……」

師匠との修業で、敵意ある者の接近に敏感になった。

不意打ちに気をつけながら、洞窟内に入って中の山賊たちを無力化すればいい。

すでに無力化した山賊たちから武器を取り上げ、洞窟の奥へと入っていく。

入り口以外は広い洞窟の中で、俺に不意打ちをしようと隠れている山賊が数名いたが、師匠との修業のおかげですぐその殺気を『探知』することができた。

小さな『ファイヤーボール』を打ち込んで火傷《やけど》を負わせ、『ウィンドカッター』で手足に裂傷《れっしょう》を刻《きざ》んで動けなくし、武器を奪っていく。

錆《さ》びたナイフに木の枝を取り付けた粗末な自家製の槍だったが、武器は武器だ。

背中から攻撃されないよう、すべて回収して魔法の袋に入れていく。

「すでに二十名以上を無力化した。もうそれほど残っていないはず」

奥の一際広い空間に、山賊のリーダーらしき人物と十名ほどの手下たちがいた。

さらにその奥の空間には、十数名の女性たちが。

攫《さら》われたか、村の住民に差し出させたのであろう。

確かに師匠の言い分は間違っていない。

最初は弱者であったから山賊になったのに、今では弱い立場の村人たちを脅して食料と女性を提供させているのだから。

「お前、代官の差し金か？」

「あの代官、裏切りやがったな！」

「あとで落とし前つけさせてやる！」

吠《ほ》える山賊たち。

最初は税が払えずに故郷を捨て、飢《う》え死にの恐怖と戦いながら生き延びたのに、今では他者を虐《しいた》げている。

人間はあっという間に立場が変わってしまう。

それは、去年までは日本のサラリーマンだったのに、突然貴族の息子にして魔法使いになった俺には理解できた。

（だけど……）

やはり彼らを殺すのには躊躇してしまう。

どんな理由があろうとも、殺人なんてそう簡単に決意できるわけがないのだから。

（とにかく、ここにいる女性たちは故郷の村に返してあげないと。山賊たちは代官に引き渡せば……）

山賊と水面下で取引しているような代官だが、俺はこれでもヘッケン辺境伯の息子だ。

なに食わぬ顔で山賊たちを引き渡せば、きっと上手《うま》く対処してくれるはず。

「お前は山賊を直接手に掛けないから綺麗《きれい》な人間のままで、たとえ山賊の処刑でも、汚れ仕事は脛《すね》に傷がある代官の仕事か……。ある意味上手い考えだな」

「なっ、なんだ！　突然あいつは？」

「いきなり現れたぞ！」

ここでまた、突然師匠が後ろから俺の耳に囁《ささや》いてきた。

山賊たちからしたら、いきなり俺の後ろに師匠が出現したので驚いているのであろう。

魔法で速度を強化しているので常人には見えないため、突然出現したように見える。

俺も自習してできるようになったが、このような狭い洞窟内で使うと壁に激突する危険があるので、未熟な俺にはまだ使えなかった。

「……」

俺の考えを見透《みす》かすように言う師匠が不快なので、俺は山賊たち全員を無力化することに集中する。

彼らは、斧《おの》、山刀などで襲いかかってくるが、俺に届く前に全員を無力化した。

そしてすべての武器を回収し、これで山賊退治は終わりだ。

「お前、強いな」

「師匠なら、もっと簡単に無力化できたのでは？」

「そうだな。俺なら腕や足を傷つけて無力化し、武器を奪うなんて面倒なことはしないな。『ウィンドカッター』で首を斬《き》って殺すさ」

「そうですか」

そんなに人殺しがしたければ、自分だけでやればいいんだ。

俺は不殺の魔法使いになってやる。

「君たち、山賊の退治はこれで終わった。すぐに故郷の村に戻れるぞ」

山賊に攫われた女性たちの近くに行き、故郷の村に戻るように言う。

よく見ると赤ん坊を抱いていたり、足下に小さな子供たちが立っている人もいて、可哀想に山賊たちに辱《はずかし》められ、子供まで産まされていたのか。

だが、時計の針はもう戻らない。

これから村に戻って、平穏な日々を過ごして人生の帳尻《ちょうじり》を合わせるしかない。

そう考えた俺に対し、女性たちが罵声《ばせい》を浴びせかけた。

「あんたは突然なんなのよ！　私の夫に大怪我《おおけが》を負わせて！」

「もし代官や村の連中に知れたら、チャンスとばかりに夫たちの首を獲《と》り、ヘッケン辺境伯家に差し出して、山賊退治の報奨金《ほうしょうきん》を貰《もら》おうとするに決まっているわ！」

「確かに私たちは、山賊への慰《なぐさ》み者として差し出されたわよ！　でも今はこの人たちの妻なの！　子供だっているのに、明日からの生活をどうしてくれるのよ！」

なんと俺は、助けたはずの女性たちに散々に罵《ののし》られてしまった。

せっかく助けたのに、ここまでボロクソに言われるなんて……。

「故郷に家族がいるのだから、これからはその家族に頼れば……」

「家族に頼る？　私たちと子供たちに奴隷《どれい》以下の生活をしろと？」

「それはどういうことだ？」

山賊に攫われた女性たちが故郷に戻れば、家族も喜んでくれるはずだ。

「はんっ！　本当に苦労知らずのお坊ちゃまなんだね。この辺境では魔獣が大きくて強いから、土地が余っていてもなかなか農地を広げられないのよ。私たちが山賊に差し出されたのは、魔獣との戦いの役に立たない女なのと、食い扶持《ぶち》を減らすためでもあるの。村人たちが泣く泣く私たちを差し出した？　物語の読みすぎなんじゃないの？　山賊たちは強いから魔獣も狩れるし、そりゃあいきなり山賊の妻になるのは嫌だったけど、ちゃんと食べさせてくれるし、私たちを切り捨てた故郷から食料を奪ってくるからいい気分だったのに！　なんてことしてくれるのよ！」

「山賊の妻になって、その子供を産んだ私たちが故郷に戻ったら、貧しい農家の二番目の妻か、妻でもない婢《はしため》扱い。子供たちも、農地も貰えない奴隷以下の存在よ！」

「せっかく代官と取引したのに、あんたはなんなのよ？」

「それは……」

まったくの想定外だ。

山賊を無力化して代官に引き渡し、攫われていた女性たちを故郷に戻せば感謝される。

そう思ったから、俺は山賊たちを無力化したのに……。

「おーーーい、そんなに長々と背中を山賊たちに向けて大丈夫か？」

「えっ？　それはどういう？」

突然、背中になにかが当たってきた。

何事かと思って後ろを向くと、無力化したはずの山賊が俺に体ごとぶつかり、ニヤニヤした表情を浮かべている。

その直後、脇腹《わきばら》に焼けるような痛みを感じてそこを見ると、なんと尖《とが》った岩が突き刺さっていた。

無力化した際に武器を奪ったため、洞窟内に落ちていた岩で俺に一矢報いたのか。

「窮鼠猫《きゅうそ》を嚙《か》むだな」

「あんたなぁ……」

当然師匠は、この山賊の動きに気がついていた。

だが最初の言葉どおり俺を助けてはくれず、俺は脇腹を刺されてしまったのだ。

「急所を刺されなくてよかったな。なっ、お前は甘ちゃんだろう？」

「……」

師匠の言うとおりだ。

もし尖った岩が急所に突き刺さっていたら……。

せっかく別の人生を歩み始めたのに、また死んでしまうところだった。

それを考え始めたら、途端に言いようのない恐怖に襲われ始める。

無意識に俺は、自分を刺した山賊に対し強力な『ウィンドカッター』を放った。

まったく手加減していない風の刃《やいば》は山賊の体を真っ二つに切り裂き、勢いよく飛ばされた山賊の体が洞窟の壁に激突して、血の花を咲かせた。

「きゃぁーーー！」

「あっ、あんたぁ！　よくもぉーーー！」

俺が殺した山賊の妻であろう。

女性の一人が俺の胸ぐらを摑んで激しく揺らしてきたが、生まれて初めて人殺しをして動揺した俺は、ただ体を揺らされたまま呆然《ぼうぜん》とするのみであった。

「やれやれ。今回の修業は達成ならずだな」

「師匠、それはどういう？」

次の瞬間、師匠が忽然《こつぜん》と姿を消してしまった。

そしてその直後、洞窟の入り口から、でっぷりと太った中年男性が十数名の武装した男性たちと共に入ってくる。

その装備には統一性がなく、しかも大分古ぼけている。

統一した装備を貸与されるヘッケン辺境伯家諸侯軍ではなく、急遽《きゅうきょ》領民たちを召集したように見えた。

「この地をヘッケン辺境伯様より任されている、代官のベンハーだ。長年この地の治安を乱してきた山賊たちよ。大人しく縛《ばく》につくがいい！　うん？　若造、何者だ？」

「オズワルト・フォン・ヘッケン」

色々なことが起こりすぎて、俺は代官である中年男性に自分の名前を言うのが精一杯だった。

「おおっ！　お館《やかた》様のお子ですな。お若いのに山賊を退治なさるとは。さすがです。

このベンハーがお手伝いした甲斐《かい》がありますな」

　お手伝い？

　そういうことか……。

　ベンハーという代官は、裏で取引をした山賊たちが討伐されるという情報を聞きつけ、急ぎこの隠れ家に駆けつけた。

　山賊たちが捕縛されていなかったらそれでよし、もし捕まっていたらその身柄を確保し、自分と繋《つな》がっていた事実が公《おおやけ》にならないよう、口を塞《ふさ》ぐ必要があったからだ。

（そして、ベンハーにこの情報を流したのは……）

　忽然と姿を消した師匠だろう。

「野盗、山賊は縛り首が決まりです。そのような現場をオズワルト様が直接見る必要はありません。攫われていた女性たちは、この私が責任を持って故郷の村に戻しますとも。ところで、お腹《なか》の傷は大丈夫ですか？」

「そんなに傷は深くない。わかった……」

　今俺は、山賊退治に失敗したことに気がついた。

　いや、山賊の無力化には成功している。

　なんなら一人の山賊を殺してしまったが、その後始末には完全に失敗してしまった。

　ベンハーは山賊と裏で取引していた証拠の隠滅に成功し、彼が引き連れてきた兵士たちは大喜びで山賊たちが溜《た》め込んでいた食料、物資、お金、武器、防具を押収しているが、その一部を彼らはポケットに入れてしまうのであろう。

　そして女性たちは無事に保護されたのに、喜んでいる人は一人もいない。

　彼女たちの言うとおり、もし故郷の村に戻っても、山賊と関係を持ったり、その子供を産んでいる女性の立場は奴隷と大して変わらないのだろう。

　山賊の子供たちはもっと扱いが悪いはずで、彼女たちが俺を恨《うら》んだ理由がよくわかるというものだ。

「ところで、バース様たちはそれぞれに山賊の捕縛や殺害に成功したとのことでして。これほどしっかりしたお子たちがいれば、ヘッケン辺境伯家も安泰ですな」

　こいつもよく言う。

　家臣なら、ヘッケン辺境伯家の内情がわからないはずもなかろうに。

　どうやら兄たちは、上手く山賊退治の功績を分け合うことに成功したようだ。

「あとのことは私に任せてください。ところでオズワルト様、もしよろしければ、代官屋敷でお食事でもいかがですか？」

「大変申し訳ないが、俺は父に報告に戻ろうと思う」

「ですが、お腹のお怪我の治療も必要でしょうに……」

「大した怪我じゃないから」

ベンハーの誘いを振り切り、俺は洞窟から急ぎ出た。

誰もいない場所まで走りながら、意外と深かった脇腹の怪我を治癒魔法で治し、『飛行』で修業をしている場所へと戻る。

「よう、早かったじゃないか」

「師匠……」

とにかく彼に対しては腹立たしい気持ちしかないし、言いたいことも山ほどある。

だが、俺にも甘いところが山ほどあった。

もし激情に任せて師匠に文句を言ったところで、彼に呆れられ、下手をすれば修業を打ち切られるだけ。

今は我慢の一時だ。

「脇腹の傷は……大分治癒魔法の腕前が上がったな」

「夕食を作ります」

俺の仕事だ。

サボるわけにはいかないし、手を動かしていた方が気持ちも紛れる。

「俺に文句を言わない点は褒めてやる。わかったか？　甘ちゃん」

「甘いというのは理解できました」

「お前が実家嫌いなのはわかるが、それでもお前がヘッケン辺境伯家の人間である事実に変わりはない。それで得している部分もあるからな。だが一度領地の外に出れば、生まれがよくて甘いお前は、たとえ才能がある魔法使いでも簡単に死ぬぞ」

「そうですね」

俺は魔法を使えるので、山賊は無力化するだけでいい。

そう甘く見た結果が、あの後ろからの一撃だ。

「どんなに優れた魔法使いでも、笑顔の子供が隠し持っていたナイフを心臓に突き立てられたら死ぬ。治癒魔法なんて間に合わないさ」

「はい……」

「次に、物事を一面的に見るのもよくないな。山賊に攫われ、慰み者にされていた可哀想な女たち、だったか？」

「いえ、違いました」

彼女たちは、自分たちを辱めた山賊よりも、食い扶持を減らすために自分たちを山賊に差し出した家族や故郷の人たちを恨んでいた。

そして山賊たちが捕まり、故郷に戻されると知って絶望していた。

貧しくて余裕がない故郷に自分たちが山賊の子供を連れて戻れば、どういう扱いをされるか容易に想像できてしまうからだ。

それに気がつかなかったのは、甘い俺だけであった。

「別に、罪滅ぼしで彼女たちの面倒を見ろとは言わない。そんな余裕はないし、お前にはお前の人生がある。俺だってそんなことはしねえよ。だがな、魔法で自由に生きるってのもアリだし、そうすればお前は他人に迷惑をかけないって思っているだろうが、理不尽《りふじん》な理由でそんなお前を憎む奴なんていくらでもいる。世の中ってのは、そんなに甘くねえよ」

「俺はどうすればいいのですか？」

「どうもこうも。お前の好きなようにやれよ。よく知りもしない他人に嫌われるかもしれないからって、なにもしないで山奥で隠棲《いんせい》するつもりか？　俺だったら嫌だね。そういうものなのだって覚悟して、自分でやりたいことを決めるしかないさ。オズワルト自身の人生なんだから」

「俺の人生ですか……。わかりました」

「大体だ。山賊の妻になった女性たちだって、夫たちが手を汚していないと信じていたと思うか？　山賊に家族を殺された遺族からすれば、彼らが縛り首にされ、妻や子供たちが悲惨な生活を送る羽目《はめ》になったと聞いたら、『清々した』と答えるはずだぜ。人にはそれぞれの立場がある」

「立場……」

俺がいいことをしたと思っても、向こうはそう思わないケースもあるのか。

「さて、似合わない説教は終わりだ。これでお前への修業は終わりにする」

「ええっ！　もう卒業ですか？」

ついさっき、山賊退治の修業は不合格と言われたのに、突然修業の終了を言い渡されてしまった。

およそ一年で卒業？

十分に魔法を教わったような気がしないのだけど。

「これ以上、俺とだけ修業しても意味ないしな」

「ですが、俺は師匠に全然勝てません」

今も模擬戦形式で戦っても、まったく歯が立たないし、魔法は全然当てられない。

進歩したのは俺が使える魔法の種類が増えたことと、負傷が大分減ったくらいか。

「お前が魔法を習い始めてまだ一年だろう？　そう簡単に俺に勝てたら、俺の方が自信を喪失するわ！　第一、俺とばかり十年も二十年も修業しても、俺を追い越すなんてできないぞ」

「ですが、自己流だともっと厳しいと思います」

素人《しろうと》の修業方法なんて、あまり成果が出ないような気がする。

「『飛行』を教えた。ヘッケン辺境伯家に縛られなくなった。これからのお前はどこにでも行ける。この世界は広い。恐ろしく強い魔獣、優れた魔法使い、この前の山賊たちのように悪意ある連中もいる。そいつらとの戦いが、お前をさらに強くするんだ。お前、ヘッケン辺境伯領を出るって言っているが、そう簡単なことじゃないのは理解しているか？」

「はい」

父とバースは、俺に自分たちを支えてほしいだろうからな。

しかも今日、山賊への対処を誤ってしまい、俺の魔法の腕前をベンハーに知られてしまった。

代官である彼経由で俺の魔法の腕前が父に漏《も》れたら、余計に俺を手放してくれないかもしれない。

「魔法だけじゃ駄目なんだよ。お前は成人するまであと二年ある。その間に総合的に力を蓄《たくわ》えろ。ヘッケン辺境伯家の軛《くびき》から逃れるのに必要な力をな」

　師匠の言うとおりだ。

　魔法があれば万事解決だなんて妄言《もうげん》、日本で資格さえあればどこにでも簡単に転職できると言っているに等しい。

「魔法だけじゃなく、俺自身が総合的に力をつける必要があるんですね」

「そういうことだ。じゃあ、最後の晩餐《ばんさん》といこうか？」

「先に言ってくれれば、もっと色々と作りましたよ」

　俺が調理をして出した夕食は、いつもとそんなに変わらなかった。

「お前の飯、結構気に入っているから普段どおりでいいんだよ。なんか俺の故郷の飯に似ているような気がするんだ」

「そうなんですか」

　この世界は広いので、もしかしたら地球に似た料理や味付けの地域があるのかもしれない。

「お前も年を取ればわかるさ」

「あの塩辛い料理を懐かしむかな？」

「悪い、例外はあった」

「ですよねぇ」

二人で最後の夕食を楽しみ、翌朝、目が覚めたらもう師匠の姿はなかった。

仮面を着けていたり、あきらかに身分が高そうだったり、口と性格が悪かったりといろいろと多面的な人だったが、彼のおかげで俺は魔法を使いこなせるようになった。

その点には素直に感謝して、成人するまでに力を蓄えないと。

こうして俺と仮面の男との一年にも亘《わた》る、魔法の修業の日々は終了したのであった。

第6話　監視小屋生活

「オズワルト、最近調子はどうだ？」

「私もあと二年で成人です。父上の子として世間で恥《はじ》をかかないよう、日々努力を続けております」

「そうか」


父本人はわかっているのか、いないのか。

週に一度の空《むな》しい親子の会話が続く。

やはり俺《おれ》はオズワルトではないので、彼は公的には父親だが、心情としては父とは思えない。

バースたちも同様で兄とは思えず、ルーザたちなど、他人以下どころか敵のカテゴリーに入るだろう。

ルーザたちの実家も同様だ。

だから俺はヘッケン辺境伯家を出ていく予定なのに、父は未練を見せる。

だが、彼らは俺を庇《かば》ってくれるわけではない。

俺から向けられるのみの、一方的な忠誠心を期待するのだ。

これは、生まれのせいかもしれないな。

バースも同様だが、彼の場合母親が俺を嫌いなので、俺と懇意《こんい》にできない事情があった。

それなのに、俺には自分を支持してほしいとは、随分とムシがよすぎる。

一度くらい、俺を庇うために母親と喧嘩《けんか》でもしてくれたのなら、俺とて情がない人間というわけでもないので、バースの家督《かとく》継承を支持したかもしれないな。

それにしても、あんなのがリューク王国南部の守りの要《かなめ》であるヘッケン辺境伯家の次期当主候補とは……。

案外、他《ほか》の兄たちやその実家が、彼を追い落とそうとするのは間違っていないのかもしれない。

とにかく俺は、成人するまでに力を蓄えてヘッケン辺境伯領を出て行く。

父とバースに説得されて取りやめることはないだろう。

　師匠との修業は終わったが、自己流での修業は続いているし、あの夕食に参加するのはゴメンだ。

　自炊した方が、適度な塩加減の料理を食べられるからな。

「今も鍛錬を続けているのか？」

「ええ、修業とは死ぬまで終わらないのです」

　適当に、ちょっといいことを言っておく。

　父との会話は、どうしてもこういう風になってしまう。

　本当の親子だという実感はないからだ。

「ならば、ヘッケン辺境伯領の南端にある、監視小屋で寝泊まりをすればいいのではないか？」

「監視小屋ですか？」

　そんなもの、あったのか。

「南端には、いまだリューク王国に臣従しない小国や独立領主の領地がある。彼らの動向を監視するためのものだ」

「そんなに重要な施設に、私が寝起きしてよろしいのですか？」

「構わぬよ。どうせ無人だ」

「無人なのですか？」

「赴任《ふにん》する者がおらぬのでな」

つまり、実はそれほど重要な施設ではないということか。

ヘッケン辺境伯領と接している小国や独立領主の監視といえば重大なように聞こえるが、現実には広大な未開地を挟んでおり、まず彼らがヘッケン辺境伯領を狙って北上するのはあり得ないからだ。

広大な未開地が軍勢の進行を阻《はば》んでいる以上、監視用の小屋など無用というわけか。

「父上の心遣いに感謝いたします。いくら修業のためとはいえ、ずっと野宿だったので眠る場所を提供していただけるのはありがたいです」

「うむ。ライオネルとミーアも連れて行っていいぞ。身の回りの世話をさせるがいい。この一年、オズワルトの面倒を見られなくて退屈だったようだしな」

「重ねてありがとうございます」

あの二人、俺が師匠と修業している間は、手持ち無沙汰《ぶさた》だったろうからな。

師匠の忠告に従い、成人後にこのヘッケン辺境伯領を出て行けるよう、色々と準備があるので二人にも手伝ってもらうとしよう。

「ケホッ、ケホッ！　長年放置されていたせいで埃《ほこり》まみれですね。オズワルト様、私はこの小屋を掃除します」

「頼むよ、ミーア。今夜はそこで寝たいから」

「食材や水、魔導調理器まで預けていただけましたので、今日からの料理はお任せください」

「塩辛いのは勘弁な」

「岩塩は高いので、しっかりと節約させていただきますよ」

「そうしてもらえると助かる。これからは節約してお金を貯《た》めなければいけないからな」

　修業の成果もあり、俺は『飛行』で二往復してライオネルとミーアをヘッケン辺境伯領南端にある監視小屋へと運ぶことができた。

　長年無人だった監視小屋をミーアが掃除し始め、ライオネルは俺にこれからどうするか尋《たず》ねてきた。

「修業は強い魔獣を沢山《たくさん》倒したり、ライオネルと実戦形式でもやろうと思う」

山賊相手に思わぬ不覚を取ったので、当然修業は続行する。

俺は剣士相手に実戦的な訓練を積み、ライオネルも魔法使いとの戦闘訓練を積める。

お互いに悪くない話だし、オズワルトは剣術が得意だ。

せっかくなので、これも習っておこうと思う。

総合的に強くなることの中には、もし魔法が使えない事態に陥《おちい》っても、剣で凌《しの》げれば生き残れる可能性が高いというのも入っていると思う。

この一年、時間があったライオネルは剣術の訓練をよくしていたと聞いた。

かなり腕を上げたはずだ。

「魔獣の素材と魔石を売ってお金を貯める。俺が領地を得ることなんてあり得ないので、お金があった方がいいからな」

「オズワルト様は貴族なのに、とても変わっておられますね。普通の貴族はあまりお金の話をしませんよ。お金は汚いので直接触れないというのが貴族の考え方なので」

「そんなこと、俺は建前だと思うけどな」

確かにヘッケン辺境伯である父も、その跡取りであるバースも、領内のお金の計算はセルドリックの祖父であるカルステンに任せきりだ。

しかしヘッケン辺境伯家は、領内から産出する豊富な岩塩と、南方の雄であるがゆえに南方街道とそれに隣接する大きな街が複数あり、税収はとても多かった。

「ヘッケン辺境伯領は裕福だから、そんなことが言えるんだろうな。もしお金が無かったらそんなこと言っていられなかったと思うけど」

「そうかもしれませんね」

「ライオネルとミーアは、俺について来ると言った。当然二人が結婚してもちゃんと暮らしていけるほどの給金を出さないといけない。ところでライオネルとミーアは、父から給金を貰《もら》っているのか？」

「貰っていますよ」

「大した額ではありませんが」

ライオネルとミーアの給金の額を聞いたが、高校生のアルバイト代かと思ってしまった。

十六歳になった二人は高校生そのものなんだけど、仕事の内容の割には安いような気がする。

「五百シリカかぁ」

この世界に紙幣《しへい》などはなく、通貨は銅貨、銀貨、金貨であった。

銅貨一枚で一シリカで、二人の給金は銀貨五枚で五百シリカだ。

銅貨一枚で、かなり酸っぱいけどリンゴが一個買えるので百円くらいか。

銅貨百枚で銀貨一枚なので、日本円にすると一万円くらいだと思う。

そして、銀貨十枚で金貨一枚一千シリカ。

日本円にして十万円ほど、町に住む平民の一家は一ヵ月このぐらいの金額で暮らす。

とはいえ、この世界にも共通して言えるけど、平民は滅多に金貨など拝《おが》めない。

銀貨でもなかなか拝めずに銅貨が主流、地方の農家、漁師、ハンターなどは物々交換で暮らすことも多かった。

「お屋敷で食事は出ますし、家に帰れば寝られますし、給金のほとんどを貯金に回していますよ」

「私も同じです。ライオネル様との結婚に備えて、お金を貯めていますから」

二人ともまだ十六歳なのに、随分としっかりしているんだな。

「二人が早く結婚できるように、俺も少しでも多く給金を出さないと駄目だからな。今はなるべくお金を貯めようと思うし、俺は将来王城に仕《つか》える宮廷《きゆうてい》魔導師を目指そうと思うんだ」

「それはいいですね。宮廷魔導師は、貴族たちからも羨望《せんぼう》の的となる存在ですから。給金も高いと聞きますよ」

「宮廷魔導師になれれば、王国からお屋敷が貸与されるからな。二人は俺の護衛とメイドとして住み込めばいい」

屋敷に住み込んで食費は俺が出せば、二人もそれなりに裕福に暮らせるはずだ。

子供も作りやすいだろう。

（俺自身も、安定した公務員になれるというのは魅力的だな）

父とバースにも、将来ヘッケン辺境伯家のために働くべく、王城で修業に励みますと言えば納得するだろう。

将来リューク王国が俺を手放さなかったとしても、家内の争いすら抑えられない父とバースだ。

リューク王国に文句なんて言えないはず。

だがよほどの功績をあげないと俺の子供は貴族にはなれない。

魔法使いの子供は魔法使いになりやすいと聞くけど、その確率についてはよくわからない点もあった。

ミハイル程度でも次期当主として期待されるくらいだから無視できない確率なのであろうが、俺はそこまで夢見る性格ではない。

もし俺の子供が平民になっても、遺産を残せば生活に困ることはないんじゃないかな。

「そんな予定なので、今は成人まで魔法の修業を続けつつ、なるべくお金を貯めようと思う」

「わかりました。魔獣ですが、売りさばく時にしっかりと血抜きをし、丁寧《ていねい》に解体すると売値が上がります。私が解体を担当しましょう」

「そうなのか。じゃあ、俺も解体を覚えようかな」

「お教えしますよ」

ライオネルのような身分だと、狩猟で得た魔獣の解体は必要なスキルであった。

大貴族の中堅家臣でも五男では、現代日本人が考えるほど裕福ではないからだ。

「じゃあ、早速魔獣を狩ってくるかな。すぐに魔法の袋に収納すれば、魔獣の血も固まらずに新鮮なまま血抜きと解体ができるはずだ」

日本でサラリーマンをしていた時は生き物の解体なんてしたことがなかったが、これもヘッケン辺境伯家を出て平和に暮らすためだ。

しっかりと覚えて、総合的に強くなっていかなければ。

「オズワルト様、その本は？」

「魔法大全さ」

「ああ、魔法使いは必ず読むという有名な本ですね。一年前、お屋敷の書庫でオズワルト様が見ていらしたのを思い出しました」

「お屋敷の本を持ち出すとルーザがうるさそうだから、俺が自分で購入したんだ。他にも、時間が空いたら勉強できるように色々な本を購入した」

「本は高価ですが、オズワルト様ならいくらでも買えますからね」

　修業を兼《か》ねて未開地の巨大で凶暴な魔獣を狩り、それを丁寧に解体して街に売りに行く。

　鍛えた軍人でも魔獣を倒すのは一苦労だが、魔法使いは離れたところから負傷もせずに魔獣を倒せる。

　かなり儲《もう》かるので、ライオネルとミーアには俺からも給金を出し、この世界のことをよく知るために色々な本を購入しても、順調に貯金は増えていった。

　得たお金は魔法の袋に仕舞っているので銀行のように利息はつかないが、そういえばこの世界には銀行がなかったのだった。

しかもこの世界の貨幣は、銅貨、銀貨、金貨なので、お金持ちは安全に財産を保管するのが大変そうだな。

「あっ、そうだ。もうそろそろ、近くの街に買い物に行ったミーアを迎えに行かないと」

近くの街とはいえ、直線距離にして百キロ以上あるので、俺が『飛行』で迎えに行かないとミーアはこの監視小屋に辿《たど》り着けなかった。

「ミーアをお願いします」

「じゃあ行ってくるよ」

俺が『飛行』で近くの街まで飛んでいくと、ちょうど買い物を終えたミーアと会うことができた。

すぐに彼女も浮かせ、『飛行』しながら引っ張っていく。

修業を続けているが、残念ながら俺の『飛行』では、まだ自分の他に一人しか運べなかった。

師匠は、一度に数名運べるって言っていたな。

俺もいつかはそうなりたいものだ。

「浮いている自分の体の下に、なにもない感覚に慣れませんね」

「絶対に落とさないから安心してくれ。もしミーアを落としてしまったら、ライオネルに叱《しか》られるどころの話ではないからな」

「私はオズワルト様を信じていますから。ところで今、岩塩が大幅に値上がりしていることをご存じですか？」

「岩塩が？　岩塩ってうちの領地の特産品だよね？　どうしてヘッケン辺境伯領内でそんなに値上がりしたんだろう？」

ヘッケン辺境伯領の特産品は岩塩であり、その輸出で大いに潤《うるお》っていた。

産地と距離が近いので輸送コストが安いというのもあるが、領民たちの支持を得るためにも、領内の岩塩の価格は安く設定されていた。

それが値上がりするなんて、普通に考えたらまずあり得ない。

「それが、ヘッケン辺境伯領の岩塩の有名な生産地、フート山脈に『塩舐《な》め』が出現したそうです。お館《やかた》様とバース様は塩舐めを倒せるハンターと魔法使いを探し始めましたが、なかなか見つからないそうで……」

「塩舐めか……」

塩舐めとは、塩を舐めるのが大好きな巨大なトカゲのような魔獣だ。

俺も本の挿絵でしか見たことがないけど、大きい個体は全長二十メートルを超えていると書かれており、まるで恐竜のような魔獣であった。

そして性質《たち》が悪いことに、塩舐めには火が一切通用しない。

表面を覆《おお》う黒い皮が火を弾《はじ》いてしまうのだが、革自体には光沢があってとても美しく、高級品としてよく知られている。

「塩舐めの革を使ったバッグはとても高価で、ルーザ様も他の奥様たちも、とても欲しがっていました」

（日本で言うところの、ワニ革とか、ヘビ革とか、オーストリッチとか。それのもっと高級な感じの革なのかな？）

世界は違えど、女性はそういうものが大好きなんだな。

ファッションに興味のない俺は、大きなトカゲの革のバッグ、サイフ、ベルトにはまったく魅力を感じないけど。

「確かに塩舐めの革は大人気ですけど、そう簡単に倒せませんし、塩舐めがいるのに岩塩の採掘なんてできませんからね」

簡単に倒せる魔獣の革なら、そこまでの希少価値はないから当然か。

しかし、火が通じないというのは厄介《やっかい》だな。

魔法は人間の想像力によるところが大きいので、どうしても火魔法を使う人の比率が高い。

火はわかりやすい力で想像しやすく、これを得意とする魔法使いはとても多かった。

残念ながら、塩舐めにはまったく通用しないけど。

「それは困っているだろうな」

「現在ヘッケン辺境伯家から、岩塩の産地であるフート山脈に立ち入り禁止命令が出ています」

「全域なのか」

「出現した塩舐めの数がかなり多いそうで、すでに岩塩の採掘をしていた人足たちと、ヘッケン辺境伯家が派遣した監督官、岩塩の仕入れで出入りしていた商人、合計三十名以上が塩舐めに食べられてしまったそうです」

そんな状況なら、フート山脈の全域が立ち入り禁止になっても不思議ではないか。

「どこからそんなに沢山そんなの塩舐めが湧《わ》いたんだろう?」

「フート山脈の近辺には広大な未開地が沢山ありますからね。そこからだと思われます」

何匹いるのか知らないが、倒すか、追い払うか、塩舐め自身が岩塩を舐めるのに飽きてその場から離れなければ、ヘッケン辺境伯家のドル箱、岩塩が掘り出せずに資金難に陥ってしまうだろう。

「他の産地も、そう簡単に採掘量を増やせるわけではありません。塩の相場はしばらく高いままだと思います。今日も購入してきましたが、普段の倍近い値段ですよ」

俺たちに食事を作るミーアとしては、一日も早く岩塩の価格が元に戻ってほしいところだろう。

人間は砂糖がなくても生きていけるが、塩がないと最悪死んでしまうのだから。

「海の塩はもっと高いから、岩塩の代替品にはならないか」

なによりリューク王国には海がないので、海水から採《と》った塩は高級品扱いであった。

「塩辛さは岩塩と同じなので、海の塩は贅沢品《ぜいたくひん》ですよ。私は買いませんね」

いくら岩塩が値上がりしたにしても、まだ海の塩よりは安い。

リューク王国で塩と言えば岩塩のことを指すのが普通だ。

人間は塩がなければ生きていけず、リューク王国内には数ヵ所岩塩の有名な産地がある。

その中でもヘッケン辺境伯領の岩塩は高品質とされ、とても人気が高かった。

その採掘がストップすれば、すぐに国全体で岩塩の価格が値上がりして当然であろう。

「とはいえ、フート山脈への立ち入り禁止はヘッケン辺境伯家が出したものだ。それを破るわけにはいかないから、今は塩舐めがいなくなることを願うしかない」

「しかしそう簡単にいなくなるものでしょうか？　結局討伐《とうばつ》するしかないような気が……」

「なんだろうけど、俺が手を出すのはなぁ……」

塩舐めを倒せばお金になるけど、俺が派手に魔法を使えば目立つ。

父とバースは大喜びで俺を引き込もうとするし、他の兄たちは俺に敵意を燃やすだろう。

ミハイルとラーレ、そしてその祖父である教会の重鎮《じゅうちん》ホルスト・ベンに至っては、俺のところに暗殺者を送り込みかねなかった。

俺のせいで、ミハイルが無価値になってしまうのだから。

「ミハイルの魔法では、塩舐めなんて絶対に倒せないだろうからな」

『火種』しか出せないミハイルは教会の力も用いてどうにか、ヘッケン辺境伯家の次期当主候補となっている。

そんなところに俺がしゃしゃり出て、魔法で塩舐めを倒してしまったら、確実に憎まれてしまう。

か？」

「あのミハイルが、『我が弟の魔法は凄《すご》い！　実に誇らしい！』なんて言うと思う

「あり得ませんね。オズワルト様さえいなくなれば、ヘッケン辺境伯家で自分が唯一の魔法使いだと思いそうです」

「俺は宮廷魔導師になるから、どうせこの領地からいなくなるんだ。余計なことはしない方がいい」

「そうですね。あっ、そういえば。ミハイル様は宮廷魔導師にはなれないんですか？」

「さすがに無理だろう」

宮廷魔導師の採用基準は、純粋な魔法の実力のみだ。

他の役職は貴族やその子弟が最優先である分、宮廷魔導師の採用にコネは存在しないと聞く。

『火種』しか出せないミハイルが入れてもらえるはずがないんだ。

「オズワルト様なら確実に、宮廷魔導師になれるでしょうからね。ですが、岩塩の値段が高いのは困ります」

俺と『飛行』しながらミーアが悩んでいるが、世界は違えど人は食材の価格高騰《こうとう》に悩むものなんだな。

「魔法の鍛錬も兼ねて、俺が塩をなんとかするよ」

「なんとかできるのですか？」

「大丈夫、ミーアを監視小屋に送り届けたら、ちょっと何日か出かけてくるよ」

ミーアを監視小屋の前に下ろした俺は、そのまま全速力で南方へと『飛行』を開始するのであった。

この世界に来て初めての旅行である。


「到着っと」


春なのに初夏を思わせる暑さであるが、雲一つない青空をただひたすら風を切って南に向けて飛んで行くと、汗がすぐに蒸発するのでとても涼《すず》しい。

気分良く半日ほど南に向かって『飛行』していると、海が見えてきた。

海水浴客だらけの日本では考えられないほど、真っ白な砂が敷き詰められた砂浜に降りるが、俺の他に人は誰《だれ》もいない。

リューク王国があるワース大陸南方には、広大な未開地と、いまだリューク王国に属さない小国と独立領主が点在しており、さらに南の大海を超えると常夏の大陸というつかの国々があると本に書かれていた。

だが今のところは、北部のサッパーズ帝国他、西部と東部にも多くの小国や独立領がひしめき合っており、日常的に領地を巡って小競り合いをしていると聞く。

二大大国であるリューク王国とサッパーズ帝国が常に睨《にら》み合い、適度な緊張を保っているおかげでワース大陸の情勢は落ち着いているが、このような状態ではリューク王国もヘッケン辺境伯領もとても南に目を向ける余裕はない。

魔法使いで『飛行』が使える者は意外と少なく、その飛行距離や速度は魔力に比例する。

俺のように、南の果《は》ての海に辿り着いた者はほとんど存在しないはずだ。

「師匠は、ここに来たことあるのかな？」

彼の魔法の実力なら余裕で来られるだろうが、身分が高い人らしくて忙しそうなので、そんな時間的余裕はないのかもしれない。

「さて、塩を採取するか」

魔法はなにも、攻撃魔法だけではない。

むしろ俺から言わせると、『飛行』や魔法の袋、魔法道具などの方が、この世界に与える影響が大きいような気がする。

そして魔法は、魔法使いの想像力による部分が大きい。

『こんな魔法を使いたい！』と、深い妄想《もうそう》に浸《ひた》れる人の方が新魔法の習得がしやすい。

そこで、俺が社畜になる前によく遊んでいたゲームが参考になると思う。

「海水から塩を『抽出《ちゅうしゅつ》』できれば、お金も稼げるし、塩の価格を抑えることもできるはずだ。しかも『抽出』は繊細な魔力のコントロールを必要とし、結構な量も使うから、魔力を使うのにも増やすのにもピッタリの修業ときたもんだ」

ヘッケン辺境伯領の領民たちは、他の国や領地よりも安く岩塩を買うことができる。

だから支持されていたのに、岩塩が値上がりして領民たちが不満を覚えたら、ヘッケン辺境伯領が不安定になってしまうかもしれない。

だが、俺が勝手にフート山脈に集まってきた塩舐めたちを魔法で倒せば、今度はバースス以外の兄たち、その母親たち、重臣たちに憎まれてしまう。

そこで、無人の海で塩を『抽出』して集め、ヘッケン辺境伯領に近いリューク王国の直轄地や他の貴族の領地で売却《ばいきゃく》する。

ヘッケン辺境伯領に流れ込む塩の量を増やし、塩の価格を下げるという作戦だ。

考えようによっては、三国志の関羽《かんう》のように塩の密売に手を染めているように見えなくもないが、これも成人して無事にヘッケン辺境伯領を出るためだ。

ヘッケン辺境伯領を継げない俺が外で頼れるものはお金だけであり、これも稼げるという一石三鳥の策であった。

「海水から、塩のみを『抽出』する」

『抽出』自体は、魔法大全に掲載されている魔法の一つである。

世界は違えど、人間の考えは割と似通う証拠でもあった。

ただ残念ながら、具体的な『抽出』の使い方が記載されているわけではなく、昔の貴族が「俺は、海水から塩を抽出する魔法が使えるんだ！　すごいだろう？」と自慢が書かれているだけだったけど。

廃坑から最後の一絞《ひとしぼ》りで金属を『抽出』する使い方が一般的だが、一度に『抽出』できる量、『抽出』した金属の純度などに大きな差が出るのであまり使う人は多くないらしい。魔法使いは派手《はで》な攻撃魔法、それも火魔法に拘《こだわ》る人が多い。

火とは、かくも人間の気を魅《ひ》くものなのか。

そんなことを考えながら、オーシャンブルーの海水から塩を『抽出』しようとする。

環境破壊の影響をまったく受けていない綺麗《きれい》な海なので、塩を集めたら海水浴と洒落《しゃれ》こむことにしよう。

「うーーむ、塩は『抽出』できたけど、まだだいぶ水分を含んでいて湿っぽいな」

これでは、火にくべて水分を飛ばす必要があるのでかえって面倒だ。

頭の中に塩化ナトリウムの結晶を思い浮かべ、それのみを海水から『抽出』していく。

何度も失敗を繰り返し、ようやく塩化ナトリウム100パーセントで構成された塩の『抽出』に成功した。

「あっ、確か塩には色々なミネラル分が含まれていたような。塩化ナトリウムだけだと、味に深みが出ないのか」

特にこの世界は、主要な調味料が塩しかない。

となると、ミネラルを豊富に含んだ天然塩的なものを『抽出』した方がいいのか。

「海が綺麗だから、逆に水分だけをすべて飛ばせばいいのか。考え方が逆だな」

とはいえ、塩化ナトリウムのみの塩も、確か工業原料として需要《じゅよう》があるはずだ。

両方を大量に『抽出』しよう。

俺は、海水から塩を『抽出』する作業に没頭《ぼっとう》した。

そして夕方。

日が沈む前に裸になって海で泳ぐが、海水浴なんていったい何年ぶりであろうか？

夏休みすら取れない会社だったので、大学生の時以来だったはず。

さらに、魔法の訓練として体の周囲に空気の膜を張り、水中を歩く訓練、『飛行』を応用して水上を走る訓練などもをする。

半分遊びだ。

俺がこの魔法を使って敵地に侵入するなんてあり得ないが、この透明度の高い海には魚、エビ、イカ、貝などの多くの魚介類が生息し、容易に捕獲することができた。

「誰も獲《と》っていないから、魚影が濃いし、警戒心も薄いな」

早速、獲った魚介類を下処理して、魔導調理器の上に網を置いて焼いていく。

汁が滴《したた》り落ちてくるのであとで掃除が必要だな。

だが、その手間以上のご馳走《ちそう》だ。

「毒がないか魔法で『探知』したし、この貝はサザエとハマグリに似ているし、大きなエビとイカは美味《おい》しそうな匂《にお》いがするから大丈夫。よく焼けばよし！」

この世界でお腹《なか》を壊してもそう簡単に病院に行けないから、食あたりには注意しないと。

刺身も食べたかったけど、今回は我慢だな。

「二枚貝が開いた。調味料は海水のみだけど、久々の魚介と浜焼きだ」

十分に火が通ったものから順番に食べていくが、その味は天にも昇る美味しさだった。

この世界ではずっと肉か、川魚しか食べてこなかった。

俺は日本人なので、やはり海の魚を食べたかったのだ。

「美味《うま》い！　ご飯がないのは惜《お》しいけど、いくらでも食べられるな」

ただ大量に獲りすぎたので、魔法で砂浜の砂鉄を『抽出』、『結合』して作った鉄の細い棒で魚介類の急所を突き、締めてから魔法の袋に入れる。

魔法の袋の中に入れると鮮度は落ちないが、生きていると入れられないので、事前にちゃんと締めなければならない。

変なところで律儀《りちぎ》な魔法の袋であった。

「ふう……。ご馳走《ちそう》様」

夜になったので、魔法の光『ライト』を周囲に浮かべ、砂浜に持参した毛布を敷いて横になる。

空を見上げると、まるでプラネタリウムのように綺麗な星空が見えた。

この周辺に、灯《あか》りを灯《とも》す人が住んでいない証拠であろう。

「綺麗だけど、見覚えのある星座が一つもないな。素人《しろうと》でも比較的わかりやすいオリオン座が見つからない。北斗七星もないか……」

改めて、俺が別の世界に来てしまった、いや、オズワルトに乗り移ってしまったことを実感する。

夜になると少し涼しくなるが、毛布やテントなどなくても十分に寝られる天気と気温だ。

「今日は沢山塩を『抽出』できたけど、まだまだ沢山集めないと。魚介も締めて魔法の袋に入れれば鮮度は落ちない。これも魔法の訓練を兼ねて沢山獲っておこう」

どうやらこの砂浜には所有者がいないようなので、獲り放題なのがいい。

もし街や村の入会地や貴族の領地で勝手にこんなことをした場合、殺されても文句は言えないのがこの世界である。

現代日本とは違ってみんなギリギリの生活をしているので、勝手に他人の山に入って山菜を採ったら警察に通報されました、程度の話では済まない。

その場でリンチをされ、埋《う》められたって文句は言えないのだから。

「一日中魔法を使ったから疲れた。明日は朝から……」

横になってそれほど時間も経《た》たないうちに、沢山魔法を使って疲れた俺はそのまま深い眠りに陥ってしまった。

明日も、頑張って塩を集めなければ。

「ふぁーーーあ、塩と魚介類の採取は今日で終わりにするかな」

この砂浜に来て一週間。

目的の海の塩は大量に集まり、魚介類もこれだけあればしばらく食べるのに困らないだろう。

ライオネルとミーアにもいいお土産《みやげ》ができた。

これ以上の滞在は二人に心配をかけてしまうので、今日は昼まで作業をしてから、夜までに監視小屋に戻るとしよう。

今日も大量の海の塩と魚介類も集まり、その日の夜までに監視小屋に戻ることができた。

ライオネルは監視小屋の外で剣を振っており、ミーアは夕食の準備をしているようだ。

監視小屋の煙突から炊煙が上がっている。

俺が家の前に着地すると、気がついた二人がすぐに駆け寄ってきた。

「ただいま、ライオネル、ミーア」

「おかえりなさい、オズワルト様。一週間とは、随分と長かったですね。ご期待どおりの成果はあったのでしょうか？」

「十分な成果はあったよ」

「それはよかったですね」

「オズワルト様、お帰りなさいませ。今夕食の準備をしているところですよ」

二人は俺を出迎えてくれた。

とても仲のいいカップルに見えるけど、俺がいない間に楽しい時間でも過ごしていたのかな？

長らく恋人がいないまま倒れてしまった身としては、成人したら彼女が欲しいなと思ってしまった。

「海の塩は十分に採れたぞ。あとはこれも」

魔法の袋から大きな魚、貝、エビ、イカなどを取り出すと、二人は目を丸くさせていた。

「海の魚とは、これまたご馳走ですね」

「そうですね。私たちのような身分では滅多《めった》に食べられないご馳走です」

ヘッケン辺境伯領には海がないため、海の魚などそう簡単に食べられるものではない。

冷凍、冷蔵技術が魔法、魔法道具頼りなので、非常に高価なのだ。

ましてや、ライオネルは中堅家臣の五男で、ミーアに至っては下級陪臣《ばいしん》の三女でしかなかった。

二人の実家の経済力では、海の魚などそう買えるものではないだろう。

川魚は獲れるが、やはり海の魚とは価格も味も段違いであった。

「焼いて食べると美味しいよ」

「ありがとうございます」

「私、海の魚って生まれて初めて食べます。すぐに焼きますね」

久しぶりに三人での夕食になったが、俺はほとんど魚介を食べずに、ミーアが作った肉のポトフを食べていた。

「オズワルト様は、お魚を召し上がらないのですか？」

「どんなご馳走でも、さすがに一週間も続くと飽きるから、今日は肉を食べる。ライオネルとミーアは遠慮しないで食べてくれよ。実は在庫もまだ沢山ある。魔法の袋に入れておけば鮮度も落ちないからね」

「魔法の袋って、本当に便利ですね。はぁ、大きなエビの尻尾《しっぽ》の身は美味しいですぅ……」

「焼いたイカの身も美味しいです」

二人が満足してくれてよかった。

そして翌日、俺はヘッケン辺境伯領の西側領地境に近い少し大きな街・ハーケンに到着した。

ハーケンの街はリューク王国の直轄地《ちょっかつち》であり、ヘッケン辺境伯領と西部貴族たちの領地との交易中継地でもあった。

(俺が手に入れた海の塩を、ヘッケン辺境伯領内で売ると色々と不都合がある。俺もなるべく知られないようにお金を稼いでおきたいからな)

もし家族に、俺が大金を稼いだ事実を知られてしまうと色々と不都合がある。

そこで俺は、『変装』と『変声』で容姿と声を変え、中年の商人に姿を変えた。

『変装』は光の屈折を利用して姿を変え、『変声』は風の力で声を変えてしまう。

かなり難しい魔法だが、無事に使いこなせるようになっていた。

「失礼、このお店の責任者はいらっしゃいますか?」

俺は口調も変え、ハーケンの街でも一番と称される大商人の店の前で店員に声をかけた。

年は俺とそれほど変わらないので、見習い、丁稚《でっち》奉公みたいな人だと思う。

この世界では昔の日本のように、十歳にも満たない男児が商会、各種店舗、工房などで働くケースが多かった。

衣食住を保証されてお小遣い程度の給金を貰いながら働き、成人したら正式に雇われ、将来はのれん分けをされたり、独立する者もいると聞く。

この少年は、将来の大商会の当主かもしれないのだ。

「いらっしゃいませ、なにかご入用ですか？」

「いや、商品の購入ではなく、在庫として持っている海の塩を売りたいのだが、買い取りはしてもらえるのかな？」

「塩ですか？　塩なら大歓迎です。少々お待ちください、旦那《だんな》様を呼んできますので」

少年は、お店の奥へと走って行った。

「あの少年は、塩なら買い取ると事前に聞いていたのかな？」

昨日ライオネルとミーアから聞いたのだが、父とバースはいまだに塩舐めを倒せる魔法使いの確保に成功していなかった。

そのため、いまだフート山脈の岩塩採掘場が閉鎖されたままなのだ。

一週間前よりも、さらに塩不足が深刻なのであろう。

『ヘッケン辺境伯領内にあるフート山脈は岩塩の採掘量がとても多かったから、ここが閉鎖されると塩の価格が大幅に上がってしまうのです。それに加えて、売り惜しみもかなりの件数発生していると推測されます』

ライオネルは、剣術のみではなくそういう事情にも詳しかった。

しかし、売り惜しみとは……。

昔の日本のオイルショックでもあるまいし。

『人は、塩がないと生きていけません。とはいえ、以前の五倍の価格ですからね。みんななるべく塩を節約して、高い塩を買わないようにしています。それも限界があると思いますが……』

便乗値上げはよくないが、塩の在庫がなくなってしまえば、多少高くても買うしかない。

我慢と節約にも限界があると、ミーアも言っていたな。

「お待たせいたしました、塩の品質を拝見してよろしいでしょうか？」

「どうぞ」

「では、店の奥にご案内いたします」

今度は二十代半ばほどの男性店員の案内でお店の奥に入ると、そこにはとても恰幅《かっぷく》と身なりがいい中年男性が待ち構えていた。

この人物が、ハーケンの街で一番の大商会サムソン商会の当主であろう。

ニコニコと笑みを浮かべているが、油断ならぬ雰囲気《ふんいき》を俺は感じた。

「海の塩をお持ちなのですか。見たところお荷物を……これは失礼いたしました。あなた様は魔法使いでしたか」

商会の主《あるじ》は、俺の腰にぶら下がった魔法の袋を見て、手ぶらである理由に納得したようだ。

「いかにも、私は魔法使いだ。塩はこの魔法の袋に入っている」

「ただ、海の塩とおっしゃいましても色々とございまして、価格にもかなりの幅があります。まずはどのようなものか見せていただきたい」

「わかった」

俺は、魔法の袋から少量の塩をサンプルとしてテーブルの上に置く。

魔法の袋とはとても便利なもので、大量に収納した塩の中から少量を取り出すことも可能であった。

塩を小分けにして、わざわざ容器に入れずに済むのは便利だ。

日本とは違って、この世界には使い捨ての安価な袋や容器が存在せず、焼き物の壺《つぼ》や木の樽《たる》など、価格が高くて何度も再利用することが前提のものしかなかった。

日本なら、再利用が前提の壺や木の樽はエコだと賞賛されそうだが、この世界の人たちからすれば、ビニール袋や使い捨てのプラスチック容器、タッパーの方が便利だと思うはず。

そんなものが、この世に存在するとは思わないだろうけど。

「ほほう、これはいい塩ですな」

サムソン商会の当主は、俺が魔法で作った天然海水塩を指の上に載せてその状態を確認し、少量を舐めて味を確認した。

「湿っておらず、混ぜ物もなし。実にいい塩だ。あなたは、優れた魔法使いなのですな」

「褒めてくれるのは嬉《うれ》しいが、塩に混ぜ物をする奴《やつ》なんているんだな」

「ええ、無視できない数いらっしゃいますよ。塩の嵩《かさ》を増せば、高く売れるじゃないですか」

自分の魔力で作れる塩の量には限りがあるので、完成した塩に粉末にした砂を混ぜる魔法使いもいるそうだ。

それは食品偽装のような気もするが、日本とは違って詐欺《さぎ》にはあたらないらしい。

騙《だま》されて買う方が悪いという考えが主流で、この世界が遅れている証拠なのかもしれない。

「この塩は大変素晴らしい。海の塩は、この内陸部では岩塩よりも高価ですからね。ですが、ヘッケン辺境伯領内からの岩塩が止まってしまったので、今はそう価格に差がないのです」

海のない土地の塩は、岩塩の方が主流であった。

価格も、海の塩は手間をかけて製塩しないといけないし、遠方から内陸部に運んで来なければならないので非常に高価だった。

岩塩は、切り出すだけで手に入る。

「そして商人の中にも、儲けるために塩に混ぜ物をする者がいます。ですが、商人は信用が命です。このサムソン商会はハーケンの街で一番の商会。当然そのような真似《まね》はしませんし、塩や酒に混ぜ物をするような者からは、たとえどれだけ優れた魔法使いでも購入いたしません。その代わり、高品質な品物には相応の金額をお出しいたしますとも」

「それはありがたい。で、買い取り金額はいくらなのかな？」

「一キロで十五シリカですね」

正直なところ、これが高いのか安いのかよくわからなかった。

海の塩が一キロで千五百円とは、日本に比べればとても高い。

ここからさらに商会の利益を取るから、もっと高いのか。

だが、この世界の製塩技術と輸送能力の低さから考えれば、このくらいの値段がしても不思議ではないと思う。

「(この辺の人たちは普段岩塩で暮らしているから、輸送に手間がかかる海の塩が高価でも別におかしくはないのか……)参考までに、今の岩塩の相場を聞きたいな」

ヘッケン辺境伯領が岩塩を産出しなくなったので、かなり値上がりしているはずだ。

「買い取りで、一キロ十二シリカですね」

「それほど海の塩と値段が変わらなくなっているんだな」

「普段は、一キロで四～五シリカですからね。この辺で一番の岩塩の産地であるヘッケン辺境伯領からの岩塩が止まると実に厳しい。我々はしませんが、末端の商人たちの売り惜しみのせいで、余計に塩の価格が高騰しているのですよ。下手に岩塩の価格を下げると、彼らがそれを買い占めて秘匿《ひとく》してしまうのです」

「売らずに隠すということは、ヘッケン辺境伯領内の岩塩にはしばらく期待が持てないと判断したのか」

「はい。ヘッケン辺境伯様は、いまだフート山脈に出現した塩舐めを退治できる魔法使いを見つけられないとか……。この調子では、いつヘッケン辺境伯領産の岩塩が出荷されるか。誰も期待していないからこそ、将来岩塩の価格が大幅に上昇すると見て、売り惜しみや買い占めに走る商人が現れたのでしょう」

父とバースが、いまだ塩舐めを倒せる魔法使いの確保に成功していない理由は、確実に他の兄たちとその母親たち、彼女たちの父親である重臣たちが、なにかしらの妨害をしているせいであろう。

(もし父とバースにこの件を解決されてしまうと、次期当主としての功績になってしまうからだな。もしかすると他の兄たちは、独自に塩舐めをどうにかしようと、母親の実家と共に準備をしているのかもしれない)

父や嫡男《ちゃくなん》であるバースができなかったことを、もし弟ができれば。

岩塩はヘッケン辺境伯領の大切な特産品であり、それを守った子こそが次の当主に相応しいという意見が強まるだろう。

「買い取りをお願いしたいが、どのくらいの量なら買い取ってくれるんだ?」

沢山売ろうとしても、必要量というのがあるからな。

もし余ったら、他の街の商人たちに売ればいいか。

「海の塩は他の街や王都でも需要があるので、いくらでも買いますよ。実は、サッパーズ帝国南部にもルートがあるんです」

サムソン商会は、ハーケンの街以外にも色々と商売ルートがあるようだな。

見た感じやり手そうなので、これからも騙されないように利用していこう。

「塩は沢山あるけど、本当に全部出していいのかな？」

「ええ、さきほど説明した理由も含めて岩塩が不足しておりますので、その倉庫で出していただければ、重量を量ってちゃんと代金をお支払いいたします」

「じゃあ、頼もうかな」

俺はサムソン商会の当主の案内で、商会本部の裏にある大きな倉庫群へと移動した。

その中の一つに入ると、中はヒンヤリとしているが、肝心の塩はほとんど入っていなかった。

「ご覧のあり様ですよ。このハーケンの街はヘッケン辺境伯領と隣接しており、仕入れている岩塩の大半がヘッケン辺境伯領からのものなので、今は在庫がほとんどありません。塩を売っていただけるのでしたら大歓迎ですな」

「じゃあ、出すよ」

俺は倉庫に敷いた布の上に、魔法の袋から取り出した海の塩を堆《うずたか》く積んでいった。

「……」

「あれ？　多すぎかな？」

俺は、隣で唖然《あぜん》としているサムソン商会の当主に声をかけた。

「この量の塩を、あなた様が一人で？」

「そうだが、なにか問題でもあるのか？」

一人の魔法使いが、一度に販売できる塩の量に制限でもあるのか？

ここは封建主義っぽいので、王様の命令でおかしな法律が存在するのかもしれない。

「いえ、そのような決まりはございません。あのぅ、今後もこれほど高品質な海の塩ならいくらでも買わせていただきますので。ところであなた様のお名前は？」

「ダニエルだ」

言うまでもなく偽名だが、サムソン商会の当主は魔法使いではないので、俺の変装に気がついていないはず。

「ダニエル様ですか。またのご来店をお待ちしております」

大きな倉庫がいくつもいっぱいになるほどの海の塩が売れ、俺の懐《ふところ》は一気に温かくなった。

買い取り金額の二割をリューク王国に納める税として引かれてしまったが、これは末端のハンターや魔法使い、領民たちがまともに税金を納めるわけがないので、ハンターギルドや信用のある大商会の主が徴税を代行しているからだ。

日本のように個人から税金を徴収するには、とてつもない労力とノウハウが必要であった。

（ハーケンの街で、徴税代行を任される程度の信用はあるというわけか）

そんな商人が、塩に混ぜ物なんかしたら信用を落としてしまう。

むしろ不利益にしかならないので絶対にやらないのであろう。

俺も、塩に混ぜ物などしなかった。

魔法で変装している胡散《うさん》臭い俺だが、無事に塩を売ることができたのでよしとしよう。

（将来に向けてお金を貯めなければ）

俺の心は現代人だ。

土地にあまり執着《しゅうちゃく》はないし、お金があれば人生で割と自由が利《き》くことを知っている。

同時に、お金がないとクソみたいなブラック企業で過労死するまで働かなければいいけないこともだ。

ライオネルとミーアにも責任がある立場なので、しばらくはサムソン商会に海の塩を売ることにしよう。


「ライオネル、父上が塩舐めの討伐に失敗したって？」

「正確に言うと失敗したのは、ゾメス様、セルドリック様、ミハイル様が合同で指揮を執った連合軍ですが……」

「父上がバース兄を差し置いて塩舐め討伐の許可を出した以上、失敗した場合、一番責任があるのは許可を出した父上だろう」

「それはそうなのですが、ゾメス様たちは、お館様とバース様を出し抜こうとしてこの大失敗です。恥さらしもいいところですよ。セルドリック様は大金を投じ、ハンター主体の傭兵《ようへい》たちを。ミハイル様は教会の支援を受けてこの様ですから。諸侯軍の犠牲が少ないのが救いでしょうか。ゾメス様に近い諸侯軍指揮官が率いる兵士に十数名の死傷者が出たそうですが……」

「なんかもう、グダグダだな」

「亡くなった兵士たちの遺族に出すお見舞金もバカになりませんし、お館様は頭を抱えているはずです」

週に一度、魔法で作った海の塩を売って密《ひそ》かに大儲けしていたが、四回海の塩を売却しても、塩舐めたちはフート山脈に居座ったままだった。

父とバースは塩舐めの集団を退治できる魔法使いを探し続けているようだが、なかなかこれはという人が見つからないようだ。

バースの実家アモス伯爵家のツテでも駄目らしく、その隙を突くようにゾメスたちが独自に戦力を集め、父に対し塩舐め討伐の許可を願い出た。

さすがに一ヵ月近くも、岩塩の大生産地であるヘッケン辺境伯領から岩塩が産出されないと、リューク王国中に無視できない影響が出てくる。

父がバースを差し置いて、ゾメスたちに塩舐め討伐の許可を与えたのは、さすがにリューク王国政府からなんとかしろと言われたからであろう。

ただ父とバースが、ゾメスたちに呆気《あっけ》なく塩舐め討伐の許可を出したのには、どうせ成功しないだろうと予想していた節があった。

実際、三人の兄たちを指揮官とする塩舐め討伐連合軍は、一匹の塩舐めも倒せずに撤退《てったい》する羽目になったと、ライオネルが俺に報告してきた。

「事実、三人の兄君たちは塩舐め討伐に失敗したどころか、犠牲者を出してしまって評判がガタ落ちです」

「だろうな」

父とバースは塩舐め討伐の手柄を奪われなかったが、結局塩舐めの退治には成功していない。

しかし、後継者争いの愚《ぐ》により死んでしまった兵士たちが哀《あわ》れだ。

下手をすると俺もその二の舞なので、気をつけないと。

そして、いまだ有効な対策を打てていない父とバースの様子を聞くと、俺は頭が痛くなってきた。

もう少し頑張ってくれないと、俺たちにも悪影響があるのだから。

「他人の失敗前提なのはどうかと思いますけど、これでお館様もバース様も、安心して塩舐め討伐に乗り出せますね」

「まずは、塩舐めを討伐できる魔法使いを確保するところから始めないといけないわけだが、そのあてはあるのか？」

父とバースが魔法使いを確保できなかったために、ゾメスたちは先走ったのだから。

「お館様は、オズワルト様に塩舐めの討伐を依頼してくるのでは？」

「俺？　俺は、塩舐めを倒した経験がないけどな」

魔法の修業を兼ねてかなり巨大な魔獣を多数倒しているが、塩舐めを倒した経験はない。

火魔法が通じないという、かなり特殊な魔獣なのでつい慎重になっていたのだ。

塩舐めの革は高級品でお金になると聞くが、命は大切にしなければ。

「もし俺が、父上の依頼を受けて塩舐めを討伐したとしよう。今度は落馬事故や毒入りクッキーでは済まないと思うぞ」

ゾメスたちとその祖父である重臣三名が、塩舐めの討伐にしゃしゃり出た挙句《あげく》失敗して大恥をかいたのだ。

その直後に俺が塩舐めを討伐してしまったら、彼らのプライドをさらに傷つけることになる。

後継者争いでも大きく差をつけられてしまうだろう。

俺が今住んでいるのは人里離れた監視小屋なので、最悪刺客《しかく》軍団でも送られかねない。

「父上やバースが俺に頼まないということは、あの二人もそうなることを予想しているからだろう」

まったく、俺はヘッケン辺境伯家の家督に興味などないというのに、面倒くさい連中だ。

「ですが、みんな岩塩の値段が大幅に値上がりして困っているようです。もう海の塩とそう値段が変わらないのですよ」

たまに街に買い物に行くミーアから今の塩の値段を聞くが、このままだとヘッケン辺境伯家が領民たちからの支持を大きく失いそうな状況だ。

領内に岩塩の大産地があるヘッケン辺境伯領では岩塩が安かったので、多くの領民たちに支持されていたのに、大幅に値上がりすれば支持されなくなって当然だろう。

たかが岩塩、されど岩塩なのだ。

「岩塩を安くするのは、フート山脈にある岩塩採掘場の閉鎖が解けないと難しいだろうな」

塩舐めのせいで、今やヘッケン辺境伯領は岩塩を輸入する状態に陥ってしまった。

他の領地でも塩不足となっているため、岩塩を安く輸入するのは難しい。

ヘッケン辺境伯家に身銭を切るつもりはないだろう。

「お館様とバース様は、塩舐めを討伐する軍勢の準備をしていないのでしょうか？」

「してはいるはずだ」

だが、優れた魔法使いがいなければゾメスたちの二の舞になってしまう。

塩舐めを倒せる、火魔法以外に優れた魔法使いを探しているはずだが、それが見つからなければ決して討伐に赴《おもむ》かないだろう。

また失敗したら、ヘッケン辺境伯家はリューク王国中の笑い物になってしまうからだ。

「オズワルト様に任せればいいのに……」

ミーアが呟《つぶや》くが、ライオネルは首を振って否定する。

「それは難しいな。ルーザ様は、オズワルト様の魔法を警戒しているという噂《うわさ》を聞いた。下手にオズワルト様が大活躍して、ヘッケン辺境伯家の次期当主候補と目されるようにでもなったら悪夢だろうからな。お館様とバース様はそんな心配はしていないどころか、オズワルト様が塩舐めを討伐したあと、自分たちを支持してくれることに期待しているくらいだろうが」

「それでしたら、せめてオズワルト様に塩舐めの討伐命令くらい出せばいいと思いますよ。そうすれば、お二人とオズワルト様との関係がハッキリするじゃないですか」

父とバースに従う俺、という構図ができるからな。

他の兄たちとその母親、重臣たちは気に入らないだろうけど。だが、と俺は応《こた》える。

「ルーザがそんなことを許すわけがない。そしてバース兄上はルーザに頭が上がらない。父上も、ルーザとその後ろにいるアモス伯爵家の機嫌を損ねたくないから、時間をかけても俺以外の優れた魔法使いを探すしかないのさ」

父もバースも、実家であるアモス伯爵家の力を背景にしているルーザに強く出られない。

彼女は、虐《いじ》め殺すほど憎かった母の子供である俺に活躍してほしくないのだ。

「女の業《ごう》とは恐ろしいものだ。俺が下手に動くと大変なことになるぞ」

「それはわかっているんですけど、実は領内の物価が上がってきているんです」

「やっぱり……」

ヘッケン辺境伯領の特産品である岩塩の輸出が止まった影響により、他の品物の輸送コストが上がってしまったからだ。

行きにヘッケン辺境伯領産の岩塩を積めずに空荷で他領地に向かい、必要な品物を仕入れて戻るので、どうしても輸送コストが上がってしまう。

「このままだとまずいかも……」

俺が成人後、穏便にヘッケン辺境伯領を出るためには、領内がある程度安定していることが必要だ。

そうでなければ、父もバースも俺が社会勉強名目で王都に行き、宮廷魔導師になろうとすることを止めるかもしれない。

自分たちの立場が危ういので、魔法使いである俺に側《そば》にいてほしいと考えるかもしれないからだ。

貧すれば鈍《どん》するとも言う。

そうなった二人に、俺の気持ちなんて絶対に理解できないだろう。

それを強引に振り切って領地を出てもいいのだが、ヘッケン辺境伯領に戻るように工作されても面倒くさいので、やはり塩舐めをどうにかするしかないのか。

「オズワルト様、いかがなされるおつもりですか？」

「どうにかするさ。ようは、俺が塩舐めを討伐したことがバレなければいいんだろ？」

「もしかして、勝手に討伐してしまうのですか？」

「普通ならありえないが、今の俺には悪い手じゃない」

塩舐めほどの強い魔獣を倒した魔法使いは、普通それを世間に対し大きく誇る。名声を上げる大きなチャンスだし、人々から大きな称賛を受けられるからだ。

だが、今の俺に大きな名声は危険だ。

だから、塩舐めをこっそりと倒してしまうことにする。

「塩舐めの死体は魔法の袋に入れて、あとでうまく売り捌《さば》けばお金になるのだから損はしないさ」

塩舐めの革は高級品なので、その死体さえ確保すれば問題ない。

「夜にこっそりとやるとでもしよう」

「オズワルト様、夜に活動するとなると視界が悪くなります。大丈夫ですか？」

「安心しろ。もし倒せなかったら諦《あきら》めればいいんだから」

その答えに、やっと納得したように頭を下げる。

「オズワルト様、お気をつけて」

「行ってくるよ」

二人との話を終えると、俺は夜に塩舐めを倒すべくフート山脈へと飛んで行く。

火魔法が通じない大トカゲか……。

毎日ちゃんと修業を続けている魔法の成果を試す時がやってきたな。

第7話　夜の塩舐《な》め討伐

「今日は満月か……。『ライト』はいらないかもな」

満月の夜。

あまり草木が生えておらず、遮蔽物《しゃへいぶつ》の少ないフート山脈の斜面に月光が当たり、青白く光って神秘的な美しさだった。

思っていたよりも明るくて、『ライト』を使う必要がないほどだ。

そんなフート山脈上空を『飛行』していると、岩塩の採掘場に到着した。

露天掘りの広大な岩塩の鉱床の上に、全長二十メートル前後の大トカゲが十匹以上鎮座している。

本の記述は正しく、塩舐めは夜行性ではないようだ。

周囲を『探知』するが、他《ほか》に人の気配はない。

ヘッケン辺境伯家がフート山脈を封鎖しているという話だったが、下手に岩塩の鉱床に近づくと塩舐めたちに食べられてしまうため、兵士たちはかなり離れた場所から人が入らないように見張っているらしい。

しかも今は夜なので、俺の侵入が咎《とが》められることはなかった。

（ヘッケン辺境伯家の兵士たちが、ここに来ないのであれば好都合だ）

一秒でも早く塩舐めを倒し、その死体を魔法の袋に入れて撤退してしまおう。

高価な革の売却は、俺《おれ》の仕業《しわざ》だとバレないように、あとでこっそりとやればいいのだから。

「火魔法は通じないんだったな。ならば……『凍結』だ」

火が効《き》かない皮で覆われた大トカゲならば、変温動物だろうから寒さに弱いはずだ。

ヘッケン辺境伯領は比較的年中温かく、雪など滅多《めった》に降らない。

恐竜のような見た目の塩舐めには、最適な環境なのであろう。

そっと観察すると、岩塩の鉱床の上で目を瞑《つむ》って寝ていた。

塩舐めは塩を舐めるのが大好きで、自然界にある岩塩の塊に集まる習性があった。

フート山脈に集まってきたのも、それが原因であろう。

「だがどうして急に、こんなに沢山《たくさん》の塩舐めが集まってきたんだ？　今はそんなことを考えても仕方がないか。しかし、警戒心がまったくないな……」

塩舐めは巨体で皮が分厚く、火を弾《はじ》くだけでなく、刃物も通りにくい。

天敵がほとんどいない魔獣なので、俺がかなり接近しても目を覚ます様子はなかった。

俺に気がついていないか、一度兄たちの討伐《とうばつ》隊を撃退したので、気がついていても脅威と感じていないのだろう。

「だが……変温動物め、見てろよ」

火魔法を得意とする魔法使いとは違うのだと思い知るがいい。

まず俺は、一番近くにいる塩舐めに『凍結』を使った。

水系統の魔法だが、『アイスランス』のように氷が出現するわけではない。

標的とその周囲の気温を氷点下にまで下げ、まずはその動きを封じる。

「予想どおり、まったく動かないな。このまま凍死するがいいさ」

やはり寒さに弱かった塩舐めは俺に抵抗する間もなく、表皮に霜《しも》がついた状態で完全に動きを止めた。

呼吸もしていないので、完全に凍りついてしまったのであろう。

派手な火魔法とは違って、この魔法はフート山脈の外縁部で警備しているヘッケン辺境伯家諸侯軍に見つからないのも好都合だった。

「どうやら上手《うま》くいったみたいだが、死んだのかな？」

凍死したのならいいが、もし氷が溶けたのと同時に再び動き出されると厄介だ。

本当に死んだのか確認するため、魔法の袋への収納を試みる。

もし塩舐めが生きていたら収納できないはずだが、無事に魔法の袋に収納することに成功した。

「本当に寒さに弱いんだな」

一ヵ月もフート山脈の岩塩鉱床を占拠した魔物にしては弱く感じるが、塩舐めは大きなトカゲでドラゴンではない。

この世界には、魔獣の頂点としてドラゴンが生息しており、それに比べれば塩舐めはかなり弱い魔獣だと聞く。

だがあくまでも比較論の話であり、塩舐めは巨体であり、火魔法使いが圧倒的に多い魔法使いとの相性が最悪で、だから討伐依頼を断られることが多い厄介な魔獣だと本には書かれていた。

「しかし、思った以上に魔力を使うな。実際にどれだけの数の塩舐めがいるのか不明だから、これは一晩では終わらないな」

それでも合計七匹の塩舐めを倒すことに成功し、あとは明日以降ということにした。

完全に夜が明ける前に、警備の兵士たちに見つからないよう、監視小屋へと『飛行』する。

徹夜明けなので眠たい目をこすりながら見る朝焼けはとても綺麗だ。

「これが塩舐め……」

「大きいですね。凍結が溶けると、蘇《よみがえ》ったりしないのでしょうか？」

「ミーアは心配性だな。魔法の袋に入ったということは、こいつはもう死んでいるのさ」

翌朝、ライオネルとミーアに凍った塩舐めを魔法の袋から取り出して披露《ひろう》するが、俺と同じようなことを考えていた。

もし凍結が溶けると、また塩舐めが動き出すのではないかと。

魔法の袋には植物以外の生物は入れられないので大丈夫だと説明したら、安心した表情を浮かべながら、凍った塩舐めを興味深そうに見ていた。

「塩舐めが寒さに弱いという話は聞いたことがありますが、この巨体なので少し凍らせるぐらいでは動きを封じることすら不可能なはずです。オズワルト様は尋常でない魔力をお持ちなのですね」

塩舐めを凍死させ、体の芯《しん》まで凍らせる魔力と魔法。

口は悪いが、師匠のおかげであった。

これからも慢心することなく、魔法の修業を続けないと。

「ところでライオネル、これを解体できるか？」

「いやあ、さすがにこんなに大きな魔獣の解体はプロに任せるしかありませんよ」

「やっぱりそうか」

「申し訳ありません」

「いや、それがわかればいいのさ」

ライオネルは巨大な熊《くま》でも巧《たく》みに解体できるが、さすがに限界があったようだ。

素人《しろうと》にはクジラがさばけないのと同じだな。

「ただ、下手に領内で解体を任せるとアシがつくからな。魔法の袋に入れておけばいいか」

もしルーザや兄たちに、俺が塩舐めを退治したのがバレると色々と面倒だ。

解体と換金はあとにしよう。

「今夜も塩舐め退治に向かうから、昼に寝ておくか……」

「オズワルト様、その前にお食事をとられてください。お出かけの際にお弁当も準備しておきますから」

「ありがとう、ミーア」

そして二日目の夜。

昨日と同じ戦闘というか作業に没頭《ぼっとう》するが、昨日よりも効率よく塩舐めを凍らせることができた。

満月に近い明かりで照らされるフート山脈の岩塩鉱床を『飛行』しながら、『探知』で討伐漏《も》れがないようにしていく。

「今日は十四。大分効率が上がったが、明日で終わりかな？」

そして三日目。

今夜もミーアが作ってくれた、パンに魔獣の焼き肉を挟んだ肉サンドウィッチを食べながら上空から塩舐めを見つけ、『凍結』で凍死させていく。

「四匹……。もうこれで終わりかな。ただ、やはりおかしい」

塩舐めは、単独行動が基本だと本の記述にはある。

それが、二十四以上もフート山脈に集まるなんてやはりなにか原因があるんだろうな。

そんなことを考えながら討伐漏れを探していると、空を飛んでいても体に響く振動と、『ボスッ！』というサンドバッグを殴《なぐ》ったかのような音が連続して聞こえた。

振動と音の源に向かうと、月明かりの下で小柄な人間が、常人ではありえない速度で一匹の塩舐めを殴ったり蹴《け》ったりしながら飛びまわっていた。

まるでカンフー映画のワンシーンのようであったが、残念ながら火に強いだけでなく、分厚くて弾力性もある塩舐めの皮には傷一つついていなかった。

「何者だ？」

接近してみると、塩舐め相手に飛んだり跳ねたりしながら戦っている小柄な人間は少女であった。汗を掻《か》いて眦《まなじり》をきりっと上げて塩舐めに向き合っている横顔は、はっとするほど美しい。

「おっと、忘れていた」

彼女が何者かは知らないが、俺がここで塩舐めを退治している事実を知られると困る。

急ぎ、魔法の袋から師匠のものとよく似た仮面を取り出し、それを装着する。

「彼女は、いわゆる魔闘士だろうな」

魔闘士も魔法使いの一種であるが、かなり特殊な存在だ。

魔力を体外に放出しないと魔法が発動しないのが常識なのに、魔闘士は体内の魔力で身体《からだ》を強化し、常人ではあり得ない攻撃力、防御力、速度、跳躍力を発揮できる。

まるでバトル漫画のキャラクターみたいに戦えるのだが、魔法使いよりも少数で希少だと本に書かれていた。

彼女は飛べないようだが、予備動作なしに数メートルも飛びあがり、塩舐めの顔に拳《こぶし》で一撃を入れた。

攻撃力も魔力で強化しているようだが、残念ながら塩舐めの皮で防がれてしまっている。

「才能はあるが、まだ未熟者といった感じだ」

俺も人のことは言えないが、少なくとも塩舐めは倒せるのだから。

「！　飛んでる？　魔法使い？　あなた何者なの？」

俺の存在に気がついた魔闘士少女に声をかけられた。

仮面をつけて正解だったな。

「どうして仮面なんてつけているの？」

「色々と大人の事情があるんだ。今の君の実力では、塩舐めの皮をぶち抜くのは不可能だ。ここは私に任せるといい」

「ちょっ、ちょっと！」

このまま彼女が塩舐めと戦い続けても、いつか体力と魔力切れになって負けてしまうだろう。

美少女が魔獣に食われる光景など、俺は見たくもない。

有無を言わさず『念力』で彼女を塩舐めの側《そば》からどかすと、そのまま『凍結』を使い始めた。

「私の獲物《えもの》を横取り……寒い！　いきなりどうして？　氷の魔法？」

塩舐めとその周辺の温度が一気に下がった原因が魔法だと気がついた魔闘士の少女であったが、『アイスランス』のように氷の槍《やり》が見えない『凍結』という魔法に困惑しているようだ。

自分で使うようになって気がついたのだが、『凍結』は魔獣を傷つけずに殺せるので、その素材は高く売れる。

欠点は、魔力が少ない魔法使いが使うと、ただ標的が寒さを感じるだけで殺傷力がない点だろう。

塩舐めは徐々に動きを止め、それからすぐに固まって動かなくなった。

魔法の袋を開いて凍った塩舐めに向けると中に収納され、これでフート山脈の岩塩採掘場に集まった塩舐めはすべて討伐したはずだ。

「多分これで終わりのはずだ。最後にもう一度確認してから帰ろう。ミーアが作る食事を食べて少し寝るか」

塩舐め討伐のために昼夜逆転の生活となっているので、これをちゃんと元に戻さないとな。

「……待ちなさいよ！　仮面の魔法使い！」

「なんだ。まだいたのか」

塩舐めに殺されずに済んだのだから、素直に家に帰ればいいのに。

「あの塩舐めは、私の獲物よ！」

「しかしながら、あのまま塩舐めと戦い続けていたら、君は確実に殺されていたはずだ。感謝しろとまでは言わないが、横取り扱いは酷《ひど》いと思うな」

少女が優れた魔闘士なのは事実だが、今の自分の実力でできることとできないことの区別はちゃんとつけないと。

無駄に命を落とすことになってしまうのだから。

「……そ、それは……」

「それとも、あそこから逆転して自分が勝てると思っているのか？」

「……」

黙り込んでしまったということは、自分でも勝ち目がないことに気がついているのだろう。

「とにかく命を拾えたんだ。それをありがたく思うんだな」

「あなたは何者なのよ？」

「仮面の男だ」

「名前くらい教えなさいよ！　コラッ！　私は飛べないのよぉーーー！」

魔闘士の少女が塩舐めと派手に戦っていたせいで、今はフート山脈の外縁部にいる兵士たちが何事かと駆けつけてくる可能性がある。

俺は兵士たちに見つかるわけにいかないので、彼女の抗議と問いかけを無視して、その場から飛び去った。

しかしながら、立ち入り禁止のはずのフート山脈に夜間に入り込み、勝手に勝てもしない塩舐めと戦うような少女だ。

たとえ美しくても、宮廷魔導師になって安定した公務員生活を目指す俺とは根本的に合わないだろう。

「名前くらいは聞いておけばよかったかな？　いや、もう二度と会わないだろうから問題ないか」

三日間に亘《わた》る夜間の塩舐め討伐に成功したので、これでヘッケン辺境伯家も無事に岩塩を掘り出せるはずだ。

それにしても、そんなにヘッケン辺境伯家の当主になりたかったら、俺にこんなことをさせず、自分たちで塩舐めをどうにかしてくれ。

ライバルと張り合うよりも、塩舐めを倒す方が最優先だろうに。

まあ世界は違えど、それが理解できずに滅んだ国、会社、組織なんて山ほどあるけどな。

早く成人して、ヘッケン辺境伯領を出て行きたいものだ。

＊＊＊

（しかしまぁ……よくもそこまで堂々と嘘《うそ》を……）

「オズワルト様は腹が立たないのですか？」

「別に。そもそも領民たちは、彼らの主張を信じているのか？」

「最初、ゾメス様たちが塩舐め退治で失敗した噂《うわさ》が流れていたので、疑わしいと思っている人たちは多いと思います」

「じゃあいいじゃないか」

今日も空が青く、風を切って飛ぶと涼しい。

近くの街で買い物をしたミーアを迎えに行ったのだが、彼女はちょっと怒っていた。

フート山脈から塩舐めたちが消えた原因は俺がすべて倒したからだが、ヘッケン辺境伯家の面々は、岩塩を存分に舐めて満足したので立ち去ったのであろうと考えていた。

父がそう言っていたんだが、実は俺が倒したことに気がついている？

もしそうだとしても、他の兄たちやその母親たちの手前、口にするわけにはいかないか。

証拠もないしな。

塩舐めが去ると、ゾメスたちの息のかかった連中が領内のあちこちで、自分たちが犠牲を厭《いと》わずに戦ったからこそ、塩舐めたちは恐れをなして去ったのだ、と宣伝をさせ始めたそうだ。

彼らが雇った『講釈師』のような人たちが、街行く人たちを相手にゾメスたちのあり得ない奮闘を身振り手振り話す。

宣伝工作の一環だが、識字率の関係で瓦版《かわらばん》などを配ることはしなかった。

紙代と印刷代もバカにならないからな。

ミーアも講釈師が語るのを街で目撃したようで、手柄《てがら》の捏造《ねつぞう》を図る彼らに心の底から呆《あき》れていた。

「手柄の捏造に成功したところで、この領地の次期当主になれるだけだ」

貴族なんてわずらわしいだけで、自由には勝てないさ。

「オズワルト様は、お館《やかた》様の他のご子息たちとはまるで違うのですね」

それは、彼らが求めてやまないものにまるで興味がないからであろう。

「彼らの真似《まね》をしても、大していいことなんてないさ。ミーア、俺はお腹《なか》が空《す》いたよ」

「戻ったら、急ぎ夕食の支度《したく》を始めますね」

「頼む」

領内が安定しないと、独立のための金稼ぎにも影響が出てしまう。

塩舐めは革が高く売れるから、魔法の修業がてら、見つけたら積極的に狩っていくとしよう。

＊＊＊

「三日間か……。どうやら順調に育っているようだな」

俺が見込んだだけのことはあって、オズワルトは優れた魔法使いとして成長しつつあるようだ。

「殺さずに複数の塩舐めを一ヵ所に集めるのは骨だったな。おっと！」

とはいえ、こいつはドラゴンに比べれば全然大したことはない。

オズワルトは塩舐めの弱点を見抜き、『凍結』させて倒したが、俺はそんなまどろっこしいことはしねえ。

「『ウォーターカッター』ってところだな」

俺を餌《えさ》だと思って襲いかかってきた塩舐めの首を、高水圧の水の刃《やいば》で切り落とした。

その首から、嗅《か》ぎ慣れた鉄っぽい臭《にお》いと共に盛大な血しぶきがあがるが、血抜きの手間が省《はぶ》けたってものだ。

「俺の女たちへのお土産《みやげ》にちょうどいいか。なんてったって、塩舐めの革製品は女性に大人気だからな」

オズワルト。

そのうちでいいから、今くらいのことはできるようになってくれよ。

第8話　成人と出兵

「オズワルト様、ご成人おめでとうございます」

「おめでとうございます」

「ありがとう、ライオネル、ミーア」


ついに十五歳になった。

もっともそれはオズワルトの肉体の話で、俺《おれ》は三十歳超えのオジサンである。

監視小屋に住み、魔法の修業をしながら、ライオネルから剣術、乗馬、野営の方法、魔獣の解体などを学んだ。

貴族としてのマナーや、この世界の知識などはオズワルトの記憶に大分あったので、たまに屋敷に戻って父から本を借りて復習するくらい。

俺はヘッケン辺境伯家を継がないのでマナーなど必要ないと思っていたが、宮廷魔導師になると嫌でも学ばされるそうで、忘れないように学び直したわけだ。

海の塩を販売するだけでなく、無人の森でライオネルとミーアが集めてきた果実、ドングリを醸造《じょうぞう》してお酒を作り、料理酒として使ったり、販売したりするようになった。

魔法でお酒を作ると酵母《こうぼ》を用いないで済むし、完成までに時間がかからないが、魔法使いの力量と魔力の量で、品質と製造量が大きく左右される。

果物に含まれる糖と、ドングリに多く含まれるデンプンをアルコールに変化させる。

ドングリは皮を剝《む》き、砕《くだ》いた実を何日も水にさらしてアク抜きをする必要があるが、その作業はライオネルとミーアが空いた時間にやってくれるようになった。

アルコール度数を上げたドングリ焼酎《しょうちゅう》とも呼ぶべきものは、海の塩と同じように高く売れる。

この世界では大麦麦芽を用いたエールが平民の酒、ワインが金持ち、王族、貴族の酒とされるが、農民は高いエールを買わずに、自分で栽培した穀物《こくもつ》や、採取した果実で自家醸造をすることが多かった。

だが、自家製造のお酒はあまり酒精分が高くないので、魔法で『醸造』した酒精分の高いお酒は大人気だったのだ。

ワインを蒸留して樽《たる》に入れて熟成させるブランデーもあったが、その価格はとても高価だ。

酒精分が高いお酒は高く売れるので、ライオネルとミーアに手伝ってもらいながらドングリ焼酎や、各種果物酒の蒸留酒を魔法で作り、海の塩と一緒にハーケンの街にあるサムソン商会に売りに行っている。

相変わらず俺は変装してダニエルを名乗っているが、当主は特に気にせず持ち込んだ品物を買ってくれた。

ヘッケン辺境伯領の岩塩の輸入が復活しても、俺が魔法で作る海の塩は高品質なのでよく売れるらしい。

サムソン商会にはあればいくらでも買うと言われているので、魔力を増やす修業も兼ねて無人の海から塩の『抽出』を続けていた。

十分すぎるほど独立資金を稼ぐこともできたし、魔力と魔法の腕前は大分上がった。

師匠には勝てないだろうが、かなりいい勝負ができるようになっていると思いたい。

そして今日は、俺の十五歳の誕生日だ。

この世界では成人とみなされるため、ここを引き払ってヘッケン辺境伯領を出ようと思う。

王都で宮廷魔導師の試験を受け、無事に合格したら王都に屋敷を借り、ライオネルを従者として、ミーアをメイドとして雇えばいいだろう。

これでようやく、俺に対し敵意を丸出しにする家族と離れることができる。

家族とはいっても、俺の意識は鈴木史高なので、本当の家族という実感はまるでなかった。

だから、この領地を出られることが心から嬉《うれ》しかったのだ。

「ライオネルとミーアは、俺が王都で住む屋敷が決まったらすぐに結婚すればいいさ」

二人は俺の監視小屋生活につき合った結果、共に十八歳になっていた。

十八歳で結婚するのが平均的と思われる世界なので、結婚は王都に腰を据《す》えてからでいいだろう。

その代わり、ご祝儀は弾まないとな。

「オズワルト様のお酒作りをかなり手伝いましたが、こうやって飲んでみるのは初めてですね」

「料理には少し使いましたけど。こうやって飲むとお酒は美味《おい》しいですね」

ドングリ焼酎は酒精分が高いので、水と魔法で作った氷で割った。

成人したので俺も少し飲んでみるが、久々のお酒は美味しい。

前世でサラリーマンだった頃《ころ》はつき合いで飲むくらいだったけど、こうして改めてお酒を飲んでみると美味しいものだな。

飲みすぎは禁物だけど。

「ついにこの監視小屋を引き払って、お館《やかた》様から王都に向かう許可を貰《もら》うだけですね。問題は、お館様の許可が出るかどうかですが」

「将来に備えて、王都で勉強して経験を積みに行ってきます、と言えばいい」

ドングリ焼酎の水割りを飲みながら、ライオネルに説明する。

「父が思う将来は、魔法使いとして実力と名声をあげた俺がバースの家督《かとく》継承を支持してその補佐に入ること。だが、宮廷魔導師になった俺の勉強がいつ終わるのか。もしかしたら死ぬまでかもしれないな」

「とにかく、領地の外に出てしまえば勝ちですか」

「そうだ」

妻や重臣にも強く言えない父が王国に対し、宮廷魔導師になった俺を返せなんて言う度胸はないだろう。

「王都ですか。とても賑《にぎ》やかな場所だと聞いているので楽しみですね」

「ミーア、実は俺もさ」

俺は、世界でも有数の大都市東京に住む都会人だったんだ。

ヘッケン辺境伯領よりも、王都での生活の方がいいに決まっている。

「父も、将来のために王都で魔法を磨くと言えば反対はできないだろう」

「言いたくはありませんが、お館様はオズワルト様の誕生会すら開いてくれませんからね」

「ルーザ様が癇癪《かんしゃく》を起こされると、お館様も怖いからでしょうね」

「あの人、癇癪なんて起こすんだ」

「ええ、お屋敷で働くメイドたちには周知の事実ですよ。その時はみんな、なるべくルーザ様に近づかないようにします」

憎んで虐《いじ》め殺した女が産んだ子供の誕生会を開くなんて言ったら、さぞや父に当たるんだろうな。

父としても、いくらルーザに辟易《へきえき》しても離縁するわけにはいかない。

なぜなら、彼女の実家アモス伯爵家はバースの家督継承を応援してくれる支援者なのだから。

「ですがルーザ様も、オズワルト様にバース様の家督継承を支持してほしければ、もう少し接し方があると思いますけどね」

それは簡単な話で、結局父もバースもルーザも俺を下に見ているだけにすぎないのだ。

自分たちが俺に気を使わなくても、俺は父とバースを支持し、協力して当たり前だと思っている。

偉い人によくある病気だろうな。

「バース様も、ルーザ様からオズワルト様を庇《かば》ったことがありませんからね」

「それは、彼が実の母親を怖がっているからさ」

ルーザの俺への恨《うら》みは、私怨《しえん》にすぎない。

すでに女として相手にされなくなった自分を差し置いて父の子を産んだ、若い、それも平民のメイドへの怨み。

本人はそれを隠せているつもりらしいが、敏《さと》いオズワルトがそれに気がつかないわけがなかった。そして、実の息子もその姿を見て、恐怖し、何も言えなくなったに違いない。

「女性は怖いね」

「すべての女性がそうではありませんので、オズワルト様もそろそろ奥様になられる方を探しませんと」

「奥さんねぇ……」

前世では独身だったんで、結婚と言われても困ってしまう。

肉体年齢は十五歳なので、今はまだ焦る必要はないはずだ。

「今は、上手《うま》くこの領地を出ることが最優先さ」

三人だけの誕生会が終わり、監視小屋を引き払って屋敷へと向かう。

『飛行』にも大分慣れてきて、ライオネルとミーアを同時に浮かせ、引っ張ることが可能になっていた。

「最悪、運送業でも食えるな」

「魔法で空を飛ぶのは、とても楽しいものですね」

ミーアは、空の旅を心から楽しんでいた。

よく買い物帰りの彼女を迎えに行っていたので、慣れているというのもあった。

一方ライオネルは少し顔が青いので、女性の方が度胸があるのかもしれないな。

無事に屋敷に到着すると、俺はその足で父の書斎を訪ねた。

この領地を出て、宮廷魔導師になる許可を貰うためだったのだが、父は思っていたよりもアッサリとその許可を出してくれた。

どうしてなのかと一人訝《いぶか》しんでいると……。

「オズワルトよ！　今、王国から使者が訪れた。どうやら、サッパーズ帝国が大軍を集め、南下の兆《きざ》しありだそうだ。当然、王国の臣であるヘッケン辺境伯家も軍勢を出す。オズワルトも成人したのだから、私の下で一軍を率いるように。わかったな？」

「はい」

突然戦争ですと言われて動揺したのかもしれないが、俺は父の命令を素直に受け入れてしまった。

それにしても、十五歳になってまだ二日しか経《た》っていないというのに初陣《ういじん》だなんて……。

しかし、これも無事に領地を出るためだと、俺は急ぎ戦争の準備を始めるのであった。

どうか俺に出番がありませんように。

『ガルトです。ムーア村の農家の四男です』

『オイラリーです。同じくムーア村の農家の六男です』

『ウシャインって言います。普段は岩塩を掘っています』

『……オズワルトだ（想像はできたが、まあそういう面子《メンツ》が集まるに決まってるよな）』


最初に、俺が率いる兵士たちから自己紹介を受けた時のことを思い出す。

大貴族とはいえ、成人したばかりの五男が率いる兵士たちだ、察してくれ。

サッパーズ帝国との戦争に備え、父ヘッケン辺境伯は成人した息子全員を引き連れ、リューク王国領とサッパーズ帝国領との国境地帯にある草原で睨《にら》み合いを始めた。

俺も父から一軍を預かったが、主力は領内の農民の子弟たちや、岩塩掘りの鉱員の次男以下ばかりであった。

当然実戦経験などなく、せいぜい魔物を狩るか、追い払った経験があるくらいだ。

一応ヘッケン辺境伯家から装備を貸してもらっているが、俺が率いる軍勢の装備のみすぼらしさと言ったら……。

あきらかに廃棄《はいき》寸前のものでボロボロ、槍《やり》も剣も錆《さ》びていた。

完全に人数合わせだろう。

そして他《ほか》の兄たちだが、その祖父である重臣たちが手を回したり援助をした結果、大貴族の諸侯軍に相応《ふさわ》しい装備をつけ、経験がある者たちが指揮をしているので整然と行軍していた。

俺はライオネルと苦労して、まずはちゃんと並んで行軍をさせるところから始めている。

もちろん軍隊を率いた経験などないが、体育の授業でやった整列や行進を参考に、とにかくやるしかない。

当然だが、この世界に車やトラックや戦車なんてないので、馬に乗る貴族や指揮官を除けば全員が徒歩である。

ヘッケン辺境伯領から戦場まで一ヵ月近くも移動にかかったので、道中で兵士たちを指導しながら、どうにか整然と行軍できるようになった。

王国から指定された場所に陣地を置くが、『遠見』で敵とされるサッパーズ帝国軍を見ると、敵陣地にかなりの抜けがある。

向こうにも、まだ到着していない貴族がいるのであろうか？

「これで戦争するのか……。大丈夫か？」

不安は二つある。

一つめは、俺が率いている、ゾメスたちからバカにされるように命名された『食い詰め隊』で戦争なんかできるのかという点だ。

しかしまぁ、ゾメスたちは祖父である重臣たちにおんぶにだっこで自分はなにもしていないくせに、その余裕はどこから出てくるのか。

今はそれでいいけど、将来は自分でやらないといけないのに……。

そしてもう一つは、俺に人殺しなんてできるのかだ。

山賊退治の際に勢い余って一人殺してしまったが、その日の夜は寝れなかった。

躊躇《ためら》わずに人を殺せるほど、俺は殺人の熟練者ではなかったのだから。

「ふう……」

夜、トイレのために陣地を出て森に入ると、突然何者かに声をかけられた。

慌てて身構えるが、ふいに顔を出したのは二年ぶりに会う師匠であった。

やはり彼は仮面をつけたままだ。

彼は油断ならない強者であり、俺はまだ彼に勝てそうない。

「久しぶりだな、オズワルト。まずは初陣おめでとう」

「おめでたいんですか？　戦争なんてガラじゃないので、不安しかありませんよ」

「そうか？　こんなのお遊びだろう？」

「戦争ですよ？」

「他の貴族同士の小競り合いや、国同士の国境紛争なら知らんが、リューク王国とサッパーズ帝国のコレは、数年おきの恒例のやつだぞ。どうせしばらく睨み合ったら、適当なところで双方撤退ってのが暗黙の了承になっているやつさ。戦闘で死ぬ奴《やつ》なんて一人もいないんだよ」

「その話は聞いたことがありますけど。わざわざ軍勢を出す意味があるんですか？」

「普通に考えるとまったく意味がないどころか、ただの戦費の無駄でしかないと思うが、この数十年続く両国の睨み合いは、戦単体の収支ではなく、総合的に考えると両国の利益になっているのさ」

「それはどういう仕組みなのでしょうか？　俺にはよくわかりません」

戦争なんてない方が平和だと思うのだけど。

「このワース大陸における二大大国が定期的に大軍を出して睨み合うことで、他の小国や独立領主たちは萎縮《いしゅく》して余計なことを考えなくなる。リューク王国とサッパーズ帝国も同じさ。ワース大陸の安定は両国の力が拮抗《きっこう》しているからこそで、それが結果的に、この大陸の安定に寄与している。小競り合いがあるが、両国の首脳部は『子供の喧嘩《けんか》』という認識だ。そして、両国が全面衝突することは決してお互いに利をもたらさないことを理解している。だから数年に一度、両国の大軍が睨み合っても、決して大規模な戦争になったことは……あるけど、その時の戦訓でこういう形になっているからな」

つまり、お互いに軍勢は出しているけど冷戦状態なのか。

「両国の軍のトップたちも、双方が死闘を繰り広げて勝敗がつくことを、よしとしていないのさ」

「勝てればいいけど、自分たちが負ける可能性もあるから、ですか？」

「両国の国力はほぼ一緒だ。どちらかがどちらかを滅ぼす可能性はかなり低い。それなのに泥沼の争いを始めたら、周辺の国々がなにを考えるかわかったものじゃないからな。ならお互いに軍勢だけ出して、戦力をアピールするだけでいいじゃないかと」

「威圧・誇示目的なんですね……」

「特にここ数十年はな。だから両国は、この静かな戦争を色々なことに利用している。ヘッケン辺境伯家は嫡男《ちゃくなん》を副将に任じた。当主本人が軍勢を指揮せず、跡取りに任せてしまう貴族も多い。そうすることで、世間に自分の家の跡継ぎはそいつだとアピールしているわけだ」

「へえ、そうなんですか」

戦闘にならないし、どうせ多額の経費がかかってしまうのなら、少しでも政治的なことにも利用して元を取ろうとしているのか。

ただヘッケン辺境伯家の場合、バースが副将でも、彼が一番多くの兵を指揮しているわけではない。

ゾメスも、セルドリックも、ミハイルも。

彼らの祖父が支援して、ほぼ同数の軍勢を率いていた。

事実上四つの軍隊に分かれていることになる。

俺の部隊？

兵数も装備も練度も比べ物にならないほど低いので、オマケのような扱いだ。

俺が成人したので、従軍しないと外聞が悪いという理由で編成された軍に、参加することに意義がある、以上の期待をしてはいけないな。

特にゾメスたちは、塩舐《な》めの件で評判を上げることに失敗……宣伝工作はあまり上手くいかなかったみたいだ。やっぱり嘘《うそ》はよくないよな……。

もし俺が目立ったら、嫌味を言われるぐらいならいいが、ここは戦場だ。

どさくさに紛れて暗殺でも企《たくら》まれたら堪《たま》ったものではない。

なんとか俺とライオネルで同じような立場の若者たちを指揮しているが、整列、行進くらいはできるようになっても、実戦など無理そうだ。

戦わずに済むのであれば、これ以上ありがたいことはない。

「王国軍も帝国軍も、昇進させたい奴に箔《はく》をつけるために従軍させたりもする。どうせすぐにお互い様子を見ながら撤退するだろうから、言われた通りに動いてればいいのさ」

「そうなんですね」

「なんだ？　なにか不安なのか？」

「いえね。確かにここ数十年で一回も戦闘が起きなかったにしても、今回も絶対そうだという保証もないわけで……」

「若いのに心配性だな。ハゲるぞ。とにかく、これが終わればヘッケン辺境伯領を出られるじゃないか。それを夢見て仕事に邁進《まいしん》するんだな」

「はあ……」

「お前の心配性は素の性格のようだな。まあ世の中に絶対はないから、オズワルトがそれに備えることは悪くないけどな」

「そうですよね……って、あれ？」

突然師匠が、俺の前から消え去ってしまった。

修業していた時に見た、速度を上げる魔法とはあきらかに違うが、まさか瞬間移動とか？

魔法ならあり得るかもしれないな。

今度時間があったら、イメージして練習してみようかな。

だが、それよりも一つ気になる点があった。

「師匠が突然現れ、このおかしな戦いの背景を教えてくれたこと。『世の中に絶対はない』と言ったこと」

師匠が裏で色々と小細工をするのは、卒業試験の山賊退治ですでに経験している。

「これは、気をつけた方がいいかもしれない。おっと、俺はションベンをしたかったんだ」

師匠が消えたあと、ションベンを終えた俺は陣地へと戻ったが、師匠と出会ったことを誰《だれ》にも話せなかった。

それにしても、師匠は何者なのか？

領地を出てから、それを調べられればいいのだけど。

「オズワルト、お前は後方で街道の警備をするのだ」

「オズワルト、街道警備も重要な仕事だ。しっかりとやってくれよ。大いに期待している」

「後ろで目立たないように街道を警備するなんて、生まれが卑《いや》しいオズワルトに相応しい仕事じゃないか」

「平民の血が混じったお前にでも、どうにかできる仕事だな」

「能力に合った仕事を割り振ってくれた父上に感謝するがいい」


両国の大軍による睨み合いは続いている。

すでに遅刻組も無事に到着し、さすがに陣容に無様な抜けはなくなった。

どうせ本当に戦うわけではないからどうでもいいような気もするけど、大軍で相手を威圧することで戦争抑止効果を狙《ねら》っているのだから、その辺はちゃんとしなければいけないと思う。

もしかしたら、数十年も同じことをやっているので、双方に手抜きと油断があるのかもしれない。

この辺は日本の大企業や役所もそうだから、人間の業《ごう》かもしれないな。

そんな中、俺は父から後方にある街道の警備を命じられた。

基本的にお人好《ひとよ》しなバースは俺を励まし、他の兄たちはバカにし始める。

大方、みずぼらしい軍勢を率いた俺を前線に出すと、ヘッケン辺境伯家が恥《はじ》をかくと思ったから後方に移されたのであろう。

ゾメスたちの軍勢は、本当に戦えるのかはわからないが、祖父たちによる支援のおかげで見た目だけは十分立派だからな。

「街道警備ですね。戦争において後方の安全と輸送網の確保はとても大切なこと。しっかりと任務に励みます」

「オズワルト、頼むぞ」

父の命令を受け、後方に下がって街道の警備を始めたが、昨晩の師匠の件もあったので、この状況はとても好ましいと思っていた。

どうせ戦わないなら前線にいるよりも後方にいた方が気が楽だし、是非撤退するまでこの仕事を続けたいくらいだ。

俺は、この戦争で功績を挙げる必要なんて微塵《みじん》もないのだから。

「兄たちが、俺たちを後ろに下げた他の理由もありそうだけど……」

「それは、長対陣に飽きた貴族が他の貴族をお茶会に招いたり、趣味の催《もよお》しを主催するからです。これは一見遊びに見えますけど、大貴族に必要な人脈を得るためのもの。

そこに、オズワルト様を参加させたくないのでしょう」

「なるほどな。俺はそんな気ばかり使う催しに参加なんかしたくないよ」

どうせ戦闘はなくて暇だし、それでも大金を使ってしまったし、この戦場には多くの貴族たちが集まっている。

ついでに普段会えない貴族とお茶会や趣味の催しを開き、交友関係を広めるのに最適なのであろう。

緊張感の欠片《かけら》もない戦争だな。

「大体、バース兄はともかく、他の兄たちが貴族のお茶会に呼ばれることがあるのか？」

「バース様よりは少ないですが、必ず招待されますね。もしもの時に備えて顔を繋《つな》げておけば、後々利益になるかもしれないじゃないですか」

兄たちは当主の座を目指すため、そういう行事に積極的に参加して貴族たちに顔を売ることが大切なのか。

招待した側もそうだ。もしかしたらゾメス、セルドリック、ミハイルの誰かが次期当主になるかもしれない。

念のため、保険をかけておくのであろう。

俺には興味の欠片もないので、ノンビリと街道警備を続けることにしよう。

俺が預かる軍勢は三百人。

大した数には思えないが、実際に指揮をするとなるとこれは大変だ。

俺もライオネルも経験がないし、諸侯軍からの手助けはない。

なぜなら、ゾメスの祖父であるバルトス・リフトからすれば、俺が無様に失敗した方が都合がいいのだから。

仕方がないので、三百人の中から適当に指揮官に相応しそうな者たちを任命し、一定数の兵士たちを率いてもらっている。

突然管理職にされ、多くの部下たちを統率することになったサラリーマンの悲哀に似たものを感じるが、運良く後方の街道は平穏そのもので、どうにか決められたエリアの警備をこなせていると思う。

これだけの大軍が駐屯《ちゅうとん》している近くに野盗や山賊が現れるわけがないので、俺たちがいてもいなくても同じという考えもあるけど。

とにかく、なにもなければ問題なしである。

「オズワルト様、我々のみが後方の街道の警備をしていますが、それは敵軍がやってくる可能性が少ないからなのでしょうか？」

「ほぼないが、それでも任務は任務なので、これを無事にまっとうすることが大切なんだ。ガルトとオイラリーがいて助かっている」

「私たちも突然部下を預かったので、ただ必死にこなしているだけです」

「俺もです。なんとか兵たちを率いて所定の場所の警備をしていますが、こうなると学が欲しかったなと思います」

ガルトとオイラリーは、ムーアという同じ村の出身だと聞いた。

農家の四男と六男なので、俺のところに回されてきた口だ。

彼らには学がないが、体が大きくて力があり、頭も悪くなさそうだったので、俺が臨時に兵長に任じて三十名ほどの兵士を任せている。

他の兵士たちよりも大変なので、俺が自腹で特別手当を出したらとても喜んでくれた。

俺は二人が上手くやってくれていると思うのだけど、同じような境遇の兵士たちの中には、この抜擢《ばってき》人事に不満がある人も当然いる。

どうして自分が、兵長として抜擢されなかったのかと。

彼らは自分と同じように学がなく、自分の畑も持てない農家のいらない子供じゃないかと。

二人には体の大きさと力があり、いざとなれば命令を聞かない兵士を抑えられるからだが、当のガルトとオイラリーは、自分たちに学、教養があれば、指揮官として不満のある兵士を抑えることができると思っている。

あながち間違った意見でもないのか。

「学か……」

「はい。オズワルト様が特別手当を弾んでくれたので、この戦が終わったら俺とオイラリーはムーア村を出て、王都で学校に通おうと思うんです」

「学があれば、働き口の数が全然違いますから」

このワース大陸は、魔獣の脅威と、大規模な戦乱にはなっていないが領地を接する国と独立領主が繰り返す小規模な争いがあるため、なかなか農地が増やせない。

余った農家の子供たちは、ヘッケン辺境伯領の領都『ヘッケンランド』、その近隣の街、リューク王国の王都『リュークスター』などに働きに出るが、なかなかいい仕事を得られず、スラムの住民になってしまうケースが多かった。

これを知っているガルトとオイラリーは、俺から貰ったお金で学校に通おうとしているようだ。

この世界では、文字の読み書きまでは地元の教会が無料で教えてくれることが多い。

ただ貧しい地方の農村だと、子供も労働力と見なされて教会にも通えないケースも多く、識字率は思ったよりも高くない。

文字の読み書き以上の勉強については、貴族は家臣や雇った家庭教師が教えることが多い。

俺の場合、オズワルトの記憶のおかげか、日本語ではないこの世界の文字も普通に読めたので、屋敷の書庫にある本を借りて勉強していた。

前世でも一応大卒だったので、この世界ではインテリに属すると思う。

平民は、大きな村や街にある私学に月謝を払って通うことが多かった。

私学の経営者は、跡を継げない貴族やその家臣の子弟が多いと聞く。

跡を継げない貴族の子弟は自由かもしれないが、その子供は貴族とみなされないし、決して楽ではないと思う。

「そうだな。学はあった方がいい」

二流大学を可もなく不可もなくな成績で卒業し、ブラック企業に勤めていた俺が言うことではないかもしれないけど。

「もし学校を卒業したあと、職がなかったら俺のところに来るといい」

「本当ですか？」

「ああ、学校を出たのなら大歓迎さ」

魔法を使うと思った以上に稼げるので、ちょうど人手が欲しかったところだった。

ガルトとオイラリーは経験がないにしては兵士たちを上手く統率しているし、俺はお金に余裕があるので雇う人数を増やしても大丈夫だろう。

「ありがとうございます！」

「ムーアの村を出たら、王都の学校に通ってちゃんと勉強します」

「学校に通いながらうちで働いても問題ないか」

「嬉しいです！」

「もう成人したので村を出なければいけなかったんですけど、どうしたらいいものか悩んでいたので……」

二人は、俺とそんなに年齢が違わないはずだ。

それなのに職探しに苦労しており、俺が働けていたのはブラック企業だったとはいえまだマシなのかもしれないな。

「というわけで、この戦争が終わるまでは、なにもなくても真面目《まじめ》に警備を……っ！」

「オズワルト様？　いかがなされました？」

「なあ、この街道から外れた北東の山地に味方の軍勢って配置されていたか？」

魔法が使えない人間の『探知』は難しいが、大人数なら比較的わかりやすい。

微小でも、多くの魔力が集まっているからだ。

「普段ほとんど人が通らない山中の山道に、人の集団の反応がある。父やリューク王国軍は気がついているのか？」

父のところには、魔法使いとしては微妙なミハイルのみだが、リューク王国軍には宮廷魔導師が複数名配属されているはずだ。

彼らならこの軍勢を『探知』しているはず。

「となると、この反応は味方なのか？　山に入っているということは、食料でも採取しているとか？」

「さすがにまだ、リューク王国軍も食料不足にはなっていないはずですが。そもそも、毎回両軍とも食料が尽きる前に撤退していると聞きました。戦わない戦争とはいえ、長引かせると経費が嵩《かさ》みますからね」

「じゃあ、この集団は何者なんだ？　もしかして……」

わざわざ街道から外れて、普段は人気《ひとけ》のない山道を縦列になって南下している謎《なぞ》の集団だ。

俺には、怪しい以外の言葉が思いつかなかった。

「もしかしたら、密《ひそ》かにリューク王国軍の後背に出て奇襲をしようとしているサッパーズ帝国の軍勢なのでは？」

もしそうだとしたら、とんでもないことになってしまう。

リューク王国軍は、この戦争では戦いがないという前提で陣を敷いている。

もし数十年続いた暗黙の了解が今回で終わりとなり、突然敵軍に後ろから奇襲を受けてしまえば。

そして、前方に展開するサッパーズ帝国軍がそれに同調して挟み撃ちにされてしまったら。

「下手したら、味方は全滅じゃないのか？」

「オズワルト様、急ぎお館様に伝令を送って指示を待ちましょう」

「いや、ライオネル。そんな悠長なことをしていたら、この謎の軍勢はこの街道に出てきて、簡単に味方の後背を突くぞ。伝令は送るが、急ぎ全軍を纏《まと》めて、この謎の軍勢が街道に出る前に索敵しないと」

もし味方だったら、俺が笑われれば済む話だ。

どうせこの街道は安全そのものなので、数時間くらい俺たちがいなくても問題ないだろう。

「なにより、俺が父に伝令を送ったところで、まともに受け入れてもらえると思うか？」

父やバースは知らないが、ゾメスたちは、大げさだし、俺は臆病者《おくびょうもの》だと笑うに決まっている。

別に笑われてもいいが、もし味方が大敗するようなことになってしまえば、一気に戦争に突入し、俺の平和安定公務員生活兼副業でリッチに暮らす計画が台無しになってしまう可能性が高いのだ。

「ライオネル、ガルト、オイラリー、他の兵長たちも急ぎ兵を纏めるんだ！　北東の山地に向けて進軍するぞ！」

「了解！」

俺が率いる合計三百名の軍勢は、『探知』した謎の集団の正体を探るべく、普段は無人の山中へと移動を開始するのであった。

＊＊＊＊

「どうだ、ミシュア。まさかリューク王国軍の連中も、我らが密かにその後背に回り

込もうとしているとは思うまい。我々が奇襲をかければ敵軍は大混乱するはず。リュ
ーク王国軍と対峙《たいじ》している味方も、そういう状況ならばなにもしないわけにはいくま
い。そして一番手柄は、このルードのもの。父上もさぞやお喜びになるだろう」
「ですが、ここ数十年、両国の戦争は睨み合いだけで終わらせるのが上等とされてい
たはず。今回、いきなりそれを破ってしまって大丈夫なのでしょうか？」
「では聞くが、数年に一度の対陣において、両国が正式に戦闘をしてはいけないとい
う条約でも結んだのか？」
「いえ、それはありません」
「そんなことをするのなら最初から出兵せず、両国が正式に不戦条約でも結べば済む
話だ。両国はお互いに利益になるからこそ、毎度毎度莫大《ばくだい》な経費をかけて大軍を繰り
出し、睨み合いだけして引き揚《あ》げるなんておかしな行動を続けてしまう。だが、もし
直接刃《やいば》を交えることでそれ以上の利益があるとすれば？　今回の戦いでリューク王国
軍に致命的な打撃を与えることに成功すれば、サッパーズ帝国が圧倒的な優位となる。
リューク王国が戦力を再建している間に、北、西、東の小国や独立領を吸収して大き
くなれば、ワース大陸の覇権はサッパーズ帝国のものとなるだろう。そしてその切っ
掛けを作ったこの私、第三皇子ルードこそが、今は皇太子として偉そうに総大将をし

ているエリアスよりも次の皇帝に相応しいのだ。病床にあって今回出兵できなかった父上も、このルードの大活躍を喜んでくれよう」

「確かに数十年間も、戦いもしないのに大軍を集めて睨み合い、無駄な経費を使うのはどうかとも思いますな。今回でケリをつければ、ルード様の功績は比類なきものとなりましょう。そして、歴史にその名を大いに刻むことになるはずです」

「実際のところ、リューク王国軍は我々が後背に回り込もうとしていることにまったく気がついていないではないか。最後まで油断は禁物だが、作戦は成功したようなものだ」

「確かに今のところは順調ですが……その……」

「なんだ？　ミシュア」

「いえ、なんでも」

サッパーズ帝国の皇帝が一番寵愛《ちょうあい》する第三皇子ルードの側近にして舅《しゅうと》、侯爵でもあるミシュアよ。

その目と表情が、突如彼の側近として重用されるようになった、胡散臭《うさんくさ》い仮面の魔法使いの提言など信用ならないと言っているぞ。

ルードの方は典型的なお坊ちゃんだから、優れた魔法使いである俺を家臣にすることができて有頂天《うちょうてん》のようだけどな。

おかげで、俺の提案が受け入れられやすくて助かっている。

ルードは見た目がいいからか、父親であるサッパーズ帝国の皇帝にえらく気に入られており、ちゃんと皇太子もいるんだが、帝国内では二人のどちらが次の皇帝になってもおかしくないという噂《うわさ》が流れ、貴族たちも二つに割れて争っていた。

そんな中、俺は優れた魔法使いという扱いでルードに雇われた。

実際に俺は優れた魔法使いだし、皇太子にはお付きの魔法使いがいるのに、自分にはいないとルードはいつも嘆《なげ》いていたらしいので、簡単に接近することができたってわけだ。

俺はすぐにルードに気に入られ、提案した今回の作戦が無事に採用された。

もしこの奇襲作戦が成功すれば、ルードは次の皇帝にかなり近くなるはず。

確かに、選び抜いた精鋭で普段人がまったく通らない山道を密かに南下し、リュープ王国軍の南にある街道に出て、一気にその後背から奇襲するという戦法は上手くいきつつある。

彼を愛する病床の皇帝も喜ぶだろう。

もっとも俺に言わせれば、皇太子まで指名しておいて、いまだ第三皇子に未練がある皇帝が愚《おろ》かとしか思えないけどな。

それに、ルードが皇帝になるのは、この奇襲作戦が成功してからのお話だ。

(俺は魔法で、この奇襲部隊を『探知』されにくくしたから、リューク王国軍にいる宮廷魔導師たちには気がつかれないはずだ。だが……)

同じく参戦しているオズワルトは、俺が見つけた近年一番の魔法の天才だ。

これまで弟子なんて取ったことがない俺が一年間もじきじきに教えることになった切っ掛けは、オズワルトに魔力が目覚《めざ》めたであろう瞬間。

俺ははるか遠方にいたにもかかわらず、これまでにない魔法使いの気配を感じた。

あの時は体が震えたものだ。

他のボンクラ魔法使いたちにはわからないだろうけどな。

間違いなく、この魔法使いは俺を越える存在になるだろうと直感でわかった。

だから仕事を家臣たちに任せ、わざわざ遠くにあるリューク王国、ヘッケン辺境伯領まで飛んで彼に声をかけたってわけさ。

そして今、俺にはわかる。

オズワルトは俺の『隠蔽《いんぺい》』を見破っており、この軍勢に気がついている。

どうしてそれがわかるのかと言えば、俺もあいつが率いている軍勢がこちらに向かっているのに気がついているからだ。

（いいぞ、オズワルト。連れてきた軍勢がこっちよりも大分少ないが、お前が本気を出せば……）

もう奇襲に成功したと思っているルードなんて、ひとたまりもないだろう。

（お前の活躍が切っ掛けとなって、このワース大陸は動乱の時代に入る。さて、その結末はどうなることやら。このルードもそうだが、皇太子も自分が帝位に就《つ》きたいからって、隣接する他国に戦争をふっかけようとするんじゃないっての。俺の国は小さいんだからよ。リューク王国にボロ負けして、しばらく大人しくしていやがれ）

どうやら、オズワルトが率いる軍勢が迫りつつあるようだな。

（オズワルトはもっと強くなる。俺があいつと戦うのは、あいつがもっと強くなってからだ。そしてルード皇子よ。無駄に若い命を散らさず、無事に逃げきることを祈ってるぜ。これは本心からそう思っているんだ）

「悪いが俺はここで離脱させてもらうとする、あばよ」

「えっ？」

「かっ、仮面の男？　な、なんで」

（俺は責任のある立場なので、これでも色々と忙しくてね。ここで失礼させていただく）

サッパーズ帝国の大敗後、その周辺環境は大きく変わる。

その近くに、小さいながらも国を持つ身としては、その対処を急がなければいけないのさ。

ほんの短期間でも、俺という実力を持つ魔法使いを雇えたし、そのおかげで総大将である皇太子を出し抜き、リューク王国に奇襲をかけて大功を得られるかもしれないという夢を見られたんだ。

ルードは、せいぜい俺に感謝してくれよ。

お前だけではそんなことはできやしなかったのだから。

＊＊＊

「ライオネル、あの軍勢は味方じゃないよな？」

「ええ、あの鎧《よろい》についている紋章はサッパーズ帝国のものです。白銀の鎧に、『三色薔薇《ばら》』の紋章。精鋭中の精鋭である帝国近衛《このえ》騎士団の紋章ですよ。本軍と別行動を取って、密かに王国軍の後背を突こうとしている。本当に、これまでのルールを破ろうとしているとは……」

軍勢と呼ぶのもおこがましい、辛《かろ》うじて集団行動ができるようになった三百名で、普段は無人の山間部に入った。

幸いというか、ほぼ全員が農作物以外の食料を得るため山中に入った経験が多く、今ライオネルと共に発見した敵エリート騎士たちに比べると、その動きはスムーズだった。

皇帝の住まう皇宮を守る近衛騎士たちは、山刀で生い茂った草や木の枝を払いながらでないと進めない山道には慣れていないのだろう。

自慢の白馬も自分で引かなければならず、生い茂る草木の中ではせっかくの白銀の鎧も台無しだ。

だが、父やリューク王国軍はこの敵にまったく気がついていない。

もし俺がこの敵軍を見つけなければ、山道を出てから馬に乗り直した彼らに後背から奇襲され、前方でノンビリ長対陣していると思っていたサッパーズ帝国本軍と挟みうちにされてしまうところだった。

（もしリューク王国が大敗でもしたら、俺も戦力に計算されて領地を出られなくなってしまう。彼らを……）

向こうには、暗黙の了承を破った後ろめたさがあるはず。

敵奇襲部隊を無力化してその意図《いと》をくじけば、いつもどおりの長対陣だけで終わるはずだ。

「オズワルト様、どうなされますか？　向こうはまだこちらに気がついていません。奇襲をかければ勝てるかもしれないですよ」

「奇襲か……」

こちらはほぼ全員が農民の子か、岩塩を掘っていた労働者だ。

もし奇襲に成功したとしても、厳しい訓練を積んだ騎士に勝てるものなのか？

「敵軍は、細い山道を進むために縦長になっています。馬にも乗れず、鎧は重く、自慢のロングソードを振り回そうとすれば草や木の枝に引っかかりやすい。お館様に送った伝令はまだ到着していないか……」

「確かにライオネルの言うとおりだ」

父とバースが敵奇襲部隊を迎撃しようと判断する前に、敵はこの山道を抜け、馬に乗り、優れた装備と練度を生かして味方の後背を脅《おびや》かすだろう。

「よし、やるぞ！」

「ここで迎え撃ちますか」

まさか、これまで荒事と無縁だった自分が、しかも多くの兵士たちに戦闘命令を出さなければならないとは……。

味方が負けないためとはいえ、平和に慣れた日本人には大いに苦痛である。

だがこれも、俺が平和で安全で安定した公務員生活を送るためだ。

「ライオネル、各兵長たちに攻撃開始命令を」

「わかりました」

とはいえ、俺の兵士たちがまともに騎士とやり合ったらまず勝てない。

俺は、生い茂った草木を山刀で切り払いながら進む敵騎士たちに対し、『ウィンドカッター』で攻撃した。

「なっ、なんだ？」

「足が切られたぞ！　クソッ、痛《いて》ぇ！」

「これは……魔法……てっ、敵襲だぁーーー！」

突如一番前を進む敵騎士たちの足が風の刃で切り裂かれ、負傷してその場から動けなくなってしまった。

普段誰も通らない狭い山道は、草木を切り払っても一度に二〜三人が進むので精一杯だ。

先頭の敵騎士を負傷させて動けなくすれば、彼らはもう進軍できなくなってしまう。

「オズワルト様、敵の騎士を殺さないのですか？」

副将であるライオネルが兵を指揮するために俺の傍《そば》を離れていたので、代わりに兵長に抜擢したガルトが尋ねてきた。

「負傷者は後方に下げないといけないからだ。死んでしまったら、後ろの敵は気にせず乗り越えてくる」

負傷者を後送するには、健常な兵士が二〜三名必要となる。

敵軍の進撃を止めるには、殺すよりも負傷させた方がいい。

「さすがはオズワルト様、よく考えていますね」

それもあるが、実は俺が人なんて殺したくないという理由もあった。

前に山賊を魔法で殺してしまった俺だが、正直そんなことは二度とゴメンだと思っている。

このまま狭い山道を進む敵奇襲部隊の動きを阻止していれば、さっき出した伝令が援軍を連れてくるはずだ。

本格的な斬り合いは、俺が率いている素人《しろうと》たちではなく、プロに任せるべきなのだ。

「味方の援軍が来れば、向こうも作戦は失敗したと思って逃げるだろう」

今回は敵がおかしな小細工を仕掛けてきたが、両国が本格的に戦いたくない方針に違いはないはず。

敵軍が諦《あきら》めて退《しりぞ》いてくれれば、向こうもなにもなかったことにするだろう。

この掟《おきて》破りな奇襲作戦を考えた責任者が処罰されるかもしれないが、敵軍の人事なんて俺は知ったことではない。

（前を進む敵騎士たちを、負傷させ続ければ……）

きっと、こちらの意図に気がつく敵もいるはずだ。

そこに味方の援軍が来れば、さらに撤退を決断する材料が増えるだろう。

俺は、前に出てきた騎士たちを次々と魔法で負傷させ続けた。

無理に殺す必要なんてない。

むしろ効率が悪いからと、頭の中で思いながら。

「ライオネルや兵士たちは大丈夫かな？」

向こうは戦闘のプロなので、味方には無理をさせられない。

ただ藪《やぶ》や木の陰に隠れながら大声で騒ぎ、大軍に待ち伏せされていると勘違いした敵軍の足を止めさせているだけだ。

甘い作戦だと思わなくもないが、前に出た俺が魔法で次々と敵騎士たちを負傷させているので、敵軍の足は完全に止まっているから問題ないはず。

「作戦は成功だ！　あとは敵軍が諦めて撤退するか、味方の援軍が来てくれれば……」

犠牲者を出さずに勝つ。

それが達成できたと思った瞬間、突如味方がいる方から悲鳴が聞こえてきた。

「どうした？」

「オズワルト様、騎士たちが！」

急ぎ確認すると、その象徴たる白銀の鎧を脱《ぬ》ぎ、武器を取り回しが利くショートソードに変えた騎士たちが藪と木々を潜《くぐ》り抜け、味方に斬りかかっていた。

「クソッ！」

近衛騎士は、皇宮と皇帝を守る精鋭中の精鋭だ。

このような状況にも対処可能な訓練を積んでいたのか。

戦闘のプロである騎士たちにより、農民でしかない兵士たちが次々と斬られていく。

見晴らしの悪い藪や林なので上手く逃げ延びた味方兵士たちも多いが、このままここを突破されてしまったら、王国軍が後背から奇襲を受けてしまう。

「ガルト、味方はまだか？」

「いえ、援軍がやってくる気配はありません」

しまった！

俺はまだ甘かったかもしれない。援軍がやってくるまでには時間がかかってしまうだろう。

もしかしたら、ゾメスたちと重臣たちの意見に押されてしまい、父とバースが援軍を出していない可能性も出てきた。

伝令を送ったのは結局無駄だったかもしれず、このままでは俺たちは……。

「オズワルト様！」

甘かった。

俺が人を殺したくないからこんな作戦を考えたばかりに、すでに兵士たちにも犠牲者が……。

だが、頭の中が混乱して新しい命令が出せない。

いくら凄《すご》い魔法が使えても、度胸のない人間なんてこんなものなのか。

「お前が大将だな！　死ね！」

鎧を脱ぎ、ショートソードを構えた騎士がついに俺を見つけて斬りかかろうとした。

山賊の時と同じく、人と殺し合った経験がない俺は、体が硬直してその場で動けなくなってしまった。

魔法を使えば倒せるのに、体が震えて動かない。

このまま二度目の死を迎えるのかと思ったその瞬間、俺と敵騎士の間に誰かが割り込んだ。

「ガルト！」

「しっかりしてください！　オズワルト様！」

「無理をするな！　お前は……」

いくら体が大きくて力があっても、それだけで選抜され、訓練を積んだ騎士に勝てるわけがない。

結局ガルトが稼いだ時間はわずかでしかなく、彼は呆気《あっけ》なく斬り殺されてしまった。

「ガルト！」

敵騎士に斬り殺されたガルトは大量の血を流し、ピクリとも動かない。

「そう嘆くな。子供が指揮する少数の素人たちで、ルード様の奇襲作戦を一時的でも阻止できたのは大したものだ。時間がないので、お前にもすぐに死んでいただくがね」

「っ！」

今気がついたが、ガルトの近くではオイラリーも倒れていて、すでに事切れていた。

残念ながら、すでに死んでいる人間には治癒魔法は効かない。

つい先ほどまで、俺と楽しそうに話をしていたガルトとオイラリーは、俺が殺しを躊躇ったばかりに、俺を庇って死んでしまった。

まだ成人したばかりで、故郷の村を出たら王都で勉強してちゃんとした仕事に就くと、将来の夢を楽しそうに語っていたというのに……。

(俺が悪いんだ！　師匠の言っていたことは正しかった。俺は甘いんだ)

この世界は残酷で、とにかく人の命が軽い。

それは山賊退治の件でもあきらかだったのに、俺は戦争をしていても、魔法があれば人を殺さずに済むと勘違いしていた。

そんなわけはないというのに。

なにより敵奇襲部隊は、いまだリューク王国軍を後背から奇襲する作戦を諦めていない。

彼らを撤退させようとする俺の作戦は、すでに破綻《はたん》していたのだ。

「平穏に生きるには、殺すしかないのか……」

「はあ？　お前はなにを言って……えっ」

戦争なのに、兵士たちを負傷させ、無力化させようとしても無駄だ。

それに気がついた俺は、魔法で作り出した『氷の剣』をショートソードを構えた騎士の胸に突き立てた。

心臓を一撃された敵騎士は、そのまま倒れ込んでしまう。

続けて、視界に入った敵騎士の体に次々と『氷の剣』を突き立てていく。

大量の草木を潜り抜けるため、白銀の鎧を脱いだ敵近衛騎士たちの防御力は低い。

次々とその身から『氷の剣』を生やしながら死んでいった。

「ライオネル！　生きているか？」

「無事です！」

「味方を集めろ！　オズワルト・フォン・ヘッケンの兵士たちよ！　退《ひ》くな！　死ぬな！　生き残りたくば、戦え！」

もう迷わない。

俺は一番前に出て、視界に入った敵を漏《も》れなく魔法で倒していく。

鎧を脱いで俺たちに仕掛けてきた敵騎士たちを全員排除すると、次はその後方にいる敵騎士たちを魔法で攻撃していく。

正確な敵の数はわからないが、撤退しないのであれば倒し続けるのみだ。

敵も犠牲が多くなれば撤退するかもしれないのだから。

「我が名は、ブリスト・フォン・アレン・ドムス！　サッパーズ帝国にこの人ありと知られた……ぎゃぁーーー！　火がぁーーー！」

「アホか」

こんな時に名乗りかよ。

お前は、鎌倉《かまくら》時代の武士か。

豪華な鎧をつけていたので、容赦なく『火炎』で焼き払う。

鎧がない部分を火傷し、鎧が加熱されて鎧に触れた肌も焼いていった。

人間は、体の大部分を火傷したらほぼ死んでしまうし、動けなくなる。

不思議と、この軍勢には治癒魔法使いがいないようだ。

本軍から離れて行動するのだから、一人くらいは治癒魔法使いがいた方がいいに決まっているというのに。

俺が前に進んで魔法を放つ度に、多数の白銀の騎士と豪華な鎧に身を包んだ貴族たちが死んでいく。

一時敵騎士たちに攻撃されて後ろに逃げた味方は、ライオネルが上手く呼び寄せて再編してくれた。

彼らの戦闘力には期待できないので、俺の後ろにいればいい。

何人殺したのかも忘れたが、案外慣れてしまうものだな。

「指揮官がバカなのかもしれないな」

作戦が成功する確率が上がる治癒魔法使いを用意できませんなんて言い訳、敵には通用しないのだから。

「サッパーズ帝国の皇子たる、このルードをバカにするのか？」

敵軍中央付近、これまで見たこともないような華美な鎧を着込んでいる将に辿《たど》り着いたと思ったら、まさか皇子様とは。呟《つぶや》きに反応したらしいが、何故《なぜ》大将がこのような位置にいるのだろう。

(功を焦ったか。重要人物なので生け捕りにするか？　いや、やめるか)

そのせいで、また味方が死んでしまうかもしれない。

中途半端なことはせず、敵奇襲部隊の意志を挫《くじ》くまで手を抜いてはいけない。

「ルード皇子、お命頂戴《ちょうだい》します」

「クソッ！　あの男、私がじきじきに雇ってやったのに逃げやがって！　ちくしょう！　あいつがいれば、もっと簡単に勝っていた！」

（戦況が不利になったので、逃げた貴族でもいるのかな？）

俺が目の前にいるのに、まるで子供のようにわめき散らすルード皇子。

こんな人のせいで、俺の仲間は死んでしまったのか。

「ガルトとオイラリーと、死んでしまった兵士たちの仇《かたき》だ」

「おっ、お前は、サッパーズ帝国の次期皇帝を殺すと言うのか？」

「それはお前の都合で、俺はサッパーズ帝国の人間じゃないからな」

時間が惜しいので、『ウィンドカッター』で首を斬り飛ばす。

色々とありすぎて感覚が麻痺《まひ》しているのか、もうなんとも思わなくなってしまった。

「オズワルト様、敵軍はまだ南下を諦めません！」

「長々と縦列で進軍している弊害《へいがい》だな」

千人を超えると思われる敵奇襲部隊だが、細い山道を縦長に進んでいるので、味方同士の連絡が取りにくい。

後方の騎士たちは、まだルード皇子が討《う》たれたことに気がついていないのだ。

「ルード皇子の首を掲げても、この視界です。難しいでしょう」

生い茂った木々のせいでルード皇子の首が見えるわけがないので、可哀想《かわいそう》だが向こうが諦めるまで順番に魔法で倒していくしかない。

躊躇えば、俺と味方が死ぬ。

躊躇ってはいけないのだ。

(こんなことなら、敵奇襲部隊に対処しなかった方が……。いや、そのまま気がつかなかったことにしてもし味方が大敗したら、俺の安定した公務員生活がなくなってしまうかもしれない)

「怯《ひる》むな！　前に出るぞ！」

結局、敵奇襲部隊は大半が討ち死にした。

ライオネルや一部の強い兵士たちによって討たれた者たちもいるが、大半が俺の魔法による戦果だ。

(人殺し自慢なんてしたくないが、どうにか生き残れたな)

死体を見ると吐きそうなので、極力視線を逸《そ》らした。

「これでいいのかな？」

「ライオネル様、まだ味方の援軍が来ません」

「伝令が到着していないなんて考えられないんだがな」

俺たちは半日近くも死闘を繰り広げ、山中を南下していた敵奇襲部隊の殲滅《せんめつ》に成功した。

それなのに、味方からの援軍が一向に到着しないなんて。

ここまでの距離と地形を考えても、まずあり得ない遅さだ。

「父とバース兄は、いったいなにを考えているんだ？　大きなチャンスなんだぞ！」

今俺の援軍に入れば、ヘッケン辺境伯家の功績は大きなものとなり、父からバースへの家督継承の助けになるというのに……。

俺はゾメスたちに憎まれるリスクを冒してまで、手柄を譲《ゆず》ってやると言っているのに。

「やはり、ゾメスたちが父とバースを止めているのか？」

いい加減なにも決められず、あやふやな状態でいるのをやめればいいのに……。

「オズワルト様が嘘をついていると思っているのかもしれません。私もこの光景を実際に見ていなければ……」

「やりすぎたか？」

「どちらにしても、このままだとなにも状況が動かないどころか、我々が再び危機に陥るかもしれません。オズワルト様は、ルード皇子と多くの敵貴族たちを討ってしまいました。ですが、敵軍が一人残らず全滅してしまったとは思えず、彼らが敵本軍にこのことを知らせたら、我々を殲滅しようとするかもしれません」

引くに引けなくなったサッパーズ帝国軍が、皇子の仇として俺を討とうと、新しい部隊を送り込んでくるかもしれないのか。

皇帝が寵愛していたルード皇子の仇討ちなら、さぞや大きな功績になるだろうからな。

「一度退くか？」

いや、それではなんの解決にもならない。

むしろ、北へと逃げる敵奇襲部隊をかなり追いかけたので大分山道を北上してしまい、今の俺たちは帝国軍本軍に近い。

今から撤退すると、新たに編成された敵軍に捕捉され、後ろから追撃される危険があった。

父と兄の援軍にはまったく期待できそうにないというのに、俺は初陣で頭に血が上っていたようだ。

不用意に敵軍を追撃しすぎたのだから。

「いっそ、王国軍の総司令官に直接状況を伝えるか？」

「それをすると、家中におけるオズワルト様のお立場が悪化します。なにより、今から伝令を出しても間に合いませんし、そもそも話すら聞いてもらえませんでしょう」

俺は五男で、ヘッケン辺境伯家諸侯軍の指揮下にある。

父とバースを飛び越え、勝手に王国軍に状況を説明するわけにはいかない。

最悪、越権行為で処罰されてしまうかもしれないのだから。

王国軍としても、俺の伝令の話なんて聞いてくれないか、確実に門前払いだろう。

「調子に乗って追撃したら、まさか味方にも見捨てられ、敵軍近くで孤立してしまうとは……。こうなったら、前に進むしかない」

敵軍が奇襲しようとしたのだから、俺たちが残りの山道を踏破《とうは》して、今度は敵軍の後方から奇襲を仕掛けてもいいはずだ。

「さすがに、帝国軍の後方から奇襲をかけて混乱させれば、味方も動くだろう」

無理にリューク王国軍を勝たせる必要はないのだが、もし最大の敵国に大ダメージを与えられれば、俺の安定した公務員生活の助けになるはずだ。策としては先程のルード皇子と同じことをしていることになるが、仕方がない。

「全軍！　このまま北上するぞ。馬に乗れる奴だけでいい！　残りはここで、鹵獲《ろかく》した馬や物資、獲《と》った敵の首を見張っていろ」

三百名のうち、すでに二十七名が戦死していた。

一割の戦死者は常識的に考えたらかなり少ないし、負傷者はそれ以上にいたが、治癒魔法で無事に回復している。

勝利したので、士気も頂点に近いほど上がっている。

しかしながら、敵奇襲部隊に治癒魔法使いがいなかった件が解せないな。

とにかく時間がもったいないので、ここで立ち止まっている場合ではない。

生き残った兵士たちの中からさらに、敵軍から鹵獲した馬に乗れる者となると、百名と少ししかいなかった。

基本的に、農民にとって馬とは乗るものではなく、畑を耕《たがや》す生き物だからだ。

だが、たとえ百名でも予想もしていなかった後方から襲われれば、数万の敵軍も大いに動揺するはず。

俺も馬に乗って山道を北上しながら、草木に覆われた狭い山道を『ウィンドカッター』で切り払いながら進み、後ろの味方を通りやすくする。

馬に乗れても、そんなに上手でない者も多い。

道を切り開いた方が、早く移動できるはずだ。

ルード皇子部隊の残存兵たちよりも早く、俺たちは無事に敵帝国軍本軍の後ろに出ることができた。

さらにもうすぐ日が暮れる。

俺たちの姿を見つけにくくなっているはずだ。

「みんな、無理に敵兵を討とうとするな。ただ集団で走って敵軍を混乱させるだけでいい」

ここまで来てしまったら、あとはもう敵軍を引っかき回すのみ。

俺とライオネルを含む百名とちょっとの軍勢は、俺を先頭に、敵本軍へと突入した。

空が暗くなりかけた時、突然帝国軍本軍を俺が放った巨大な『ファイヤーボール』が次々と襲い、百騎の騎馬隊を『幻術』で数十倍にも見せ、喊声《かんせい》や足音も『偽音』で増幅する。

「なっ、なんだ？　突然後方に数千の騎馬隊が出現したぞ」

「とてつもなく巨大な火の玉が、連続して飛来してくるじゃないか。早く燃えたテントを消火するんだ！　大切な食料が燃えているぞ！」

魔法で増幅したハッタリ騎馬隊により大混乱する敵兵は狙わず、『ファイヤーボール』で敵軍の物資が置いてあるテント群と、指揮官がいそうなテントを狙って炎上させていく。

俺の奇襲作戦は大成功を収め、敵軍は戦うどころではなく、大いに混乱してただ右往左往するのみであった。

そしてようやく。

「オズワルト様、どうやら味方が動き出したようです。混乱した敵軍に総攻撃を開始しました」

「ようし、俺たちは撤収だ」

まだ死傷者が出ていない今のうちに、山中に残した味方と合流するとしよう。

「手柄を挙げる大きなチャンスですが、よろしいのですか？」

「もう十分だろう」

ルード皇子と、多くの貴族たちの首。

精鋭たる、多くの帝国近衛騎士たち。

馬や装備の鹵獲品も多い。

これ以上手柄を挙げると、父やバース、兄たちどころか、名前も顔も知らない貴族や王国軍人たちに嫉妬《しっと》されるかもしれないのだから。

「彼らが大きな戦果を挙げれば、俺たちが嫉妬されることもないからな。変な結末になってしまったが、味方は負けなかった。上々の結果じゃないか」

最後、俺が殿《しんがり》となって敵陣地に可能な限りの『ファイヤーボール』を撃ち込んでから撤退した。

敵の混乱はさらに増幅した。

「オズワルト様、帝国軍はもはや組織だった抵抗ができていませんね」

「そうだな」

俺が魔法で増幅した数千の騎馬隊が突然後背に出現し、食料や物資が置かれていたテント群と、指揮官たちがいたと思われる陣幕が焼き払われ、混乱したところを王国軍によって粉砕《ふんさい》されつつある。

さすがにこの状況で、戦闘に移行しないほど王国軍も間抜けではなかったようだ。

敵軍はバラバラに逃げるのが精一杯で、さらに追撃を受けて多くの将兵が討たれていく。

「お味方大勝利ですな」

「負けないでよかった」

自分なりにリューク王国が負けないように動いただけのはずが、まさかここまでの大勝利になってしまうとは。

ガルトとオイラリーを始めとする多くの犠牲者を出してしまったが、ルード皇子の奇襲を許していたら、もっと犠牲者が出ていたかもしれない。

ベストとは言わないが、ベターで動けたと思うのと同時に、今の俺にできることは、討ち死にした兵士たちの遺族に多めのお見舞い金を支払ってあげるくらいだろう。

あとは彼らの冥福《めいふく》を祈るくらいしかできないが、俺はもう落ち込まない、迷わないことに決めた。

たとえ自分の選択により、これからどんな人生の結末を迎えるにしても、その結果を素直に受け入れてこそ、亡くなった二十七名への最大の供養《くよう》になると思ったのだから。

「ライオネル、戻るぞ」

「はい」

六十八年ぶりに行われた両国による大会戦において、敗者となったサッパーズ帝国軍は二万人を超える兵士、総司令官である皇太子と、皇帝が一番目をかけていた第三皇子ルード、数十名の貴族と数百名の貴族子弟たちを失い、その屋台骨がへし折られた。

味方大敗北の報を聞いた皇帝の体調はいっそう悪くなり、皇太子と第三皇子という、次期皇帝に近かった二人の後継者たちまで失ってしまい、サッパーズ帝国は政治的に不安定になってしまう。

その結果、リューク王国がワース大陸一の大国となったわけだが、それが将来どのような結果を導くのか。

今のところ、それは誰にもわからないのであった。

第9話　ヘッケン子爵

「オズワルト・フォン・ヘッケン。先日の戦いにおける貴殿の戦功を認めて子爵に任じ、他《ほか》にも褒美《ほうび》を与える」

「はっ、ありがたき幸せ」

「聞けば、貴殿は優れた魔法使いだとか。ヘッケン辺境伯家の秘蔵っ子よな。わずかな兵であれだけの戦功を挙げられたのも納得できるというもの。貴殿は宮廷魔導師になりたいそうだな？」

「はい」

「認めよう。これだけの実績を挙げたのだ。試験など必要ない。ただ……」

「ただ、なんでしょうか？」

「宮廷魔導師だけなら必要ないのだが、貴殿は正式に貴族に任じられた。王都の上級学校に通う必要がある。卒業するまでは宮廷魔導師の仕事は減らすので、そちらを優先するように」

「上級学校ですか？」

「貴族ならば、必ず通わなければならない学校だ。必ず卒業するように」

「畏《かしこ》まりました」

俺《おれ》は褒美だけを貰《もら》いたかったのに、リューク王国の王城に呼び出され、そこで大貴族のお爺《じい》さんから突然貴族にすると言われてしまった。

まさか断るわけにもいかず、その辺は俺が社畜精神を失っていない証拠であろう。

領地を持たない法衣《ほうえ》子爵の爵位と、望んでいた宮廷魔導師への任命。

それと同時に、この国の貴族及びその跡取りなら必ず通う必要がある上級学校への入学を命じられてしまった。

まさか、この年でまた学校に通うことになってしまうとはな。

俺は『飛行』で屋敷に戻り、父に子爵になった件と、宮廷魔導師に任じられた件、そして上級学校に通うことも報告した。

この領地を出て王都に引っ越すには、父の許可が必要だからだ。

「子爵に任じられたのか……。オズワルトは帝国のルード皇子と多くの貴族たちを討《う》った。これほどの功績を挙げた我が一族の者などこれまで存在せず、独立した子爵に任じられて当然であろう」

ため息をつく父。

本当は、魔法使いとしてバースを支えてほしかったのであろうが、彼に王国の命令に逆らえるほどの度胸と気概はあるまい。

「オズワルト……。いや、ヘッケン子爵殿よ。確かに貴殿は我が家から独立を果たしたが、ヘッケン辺境伯家の一門であることに変わりはない。貴殿の親はこの私なのだ」

「はい」

それはそうだろうが、わざわざ父はなにを言いたいのだ？

「親であるヘッケン辺境伯家の混乱は、子である貴殿にも大きく影響する。貴殿は、私からバースへの家督《かとく》継承に賛成してくれるかな？」

そうきたか。

実は先日の戦いにおいて、ヘッケン辺境伯家諸侯軍は、他の貴族たちに対し醜態《しゅうたい》を晒《さら》してしまった。

ゾメスたちが率いる軍勢が父とバースの命令を聞かず、四つに分かれてバラバラに戦ってしまったのだ。

戦い自体は味方の大勝利だったので特に大きな問題になったわけではないが、ヘッケン辺境伯家の後継者争いは深刻だという事実を、世間に対し知らしめることになってしまった。オズワルトに援軍を出さなかったことも明らかになり、戦果を挙げたオズワルトと比較され、当然王国も問題視している。

大敗したとはいえサッパーズ帝国は滅んでいない。

もしリューク王国南方領域を預かるヘッケン辺境伯家が混乱すれば、王国は戦力を南北に分ける必要がある。

ヘッケン辺境伯家の後継者候補がサッパーズ帝国と組み、リューク王国を南北から挟撃する将来もあり得る、とも考えるだろう。

父は穏便に、ヘッケン辺境伯家をバースに継がせたい。

だから独立はしたが、一門ではある俺にバースを支持してほしいのであろう。

「ヘッケン辺境伯家の当主である父上が、バース兄に継がせたいと言っているのですから、私はそれを支持するものであります」

正直なところ、俺の中では誰《だれ》が継いでも変わらないのだけど、こう答えるのも大人の処世術というものだ。

「ありがとう、オズワルト。子爵になったお祝いは贈らせていただく。宮廷魔導師に任命され、上級学校に通うのであったな。上級学校は私も通ったよ。貴族は必ず通うのだ」

「ええと、バース兄上も上級学校に通ったのですか？」

「ああ、ゾメスたちもな」

「そうですか……」

そこで差をつけないから、あとでこんな騒ぎになるというのに……。

俺がどうこう言っても、すでに間に合わないけど。

「父上、王都で色々と準備がありますので、これにて失礼します」

「うむ。王都でも頑張るのだぞ」

ある程度予想はしたが、ヘッケン辺境伯家と完全に縁を切ることはできなかったか。

血縁に由来する貴族の繋《つな》がり、鎖《くさり》がこれほど厄介だとは。

父の書斎を出てから屋敷の廊下を歩いていると、前方にできれば顔を合わせたくない人がいた。

ルーザは、俺を待ち構えていたようだ。

はたしてなんの用事なのか？

「これは、ヘッケン子爵様。戦で大活躍して子爵に叙爵《じょしゃく》されたそうで。おめでとうございます」

「これはわざわざご丁寧にありがとうございます」

まさか、ルーザからお祝いの言葉をかけられるとはな。

今の彼女と俺では、俺の方が偉いので当たり前なんだが、これまでの彼女の言動を思い出すと、罵《のの》しられるかもしれないと思っていた。

アモス伯爵家という、由緒正しき中央の大貴族家に生まれた彼女からすれば、半分平民の血が流れる俺が貴族になるなど絶対にあってはならないのだから。

オズワルトの記憶が警告する。

ルーザは満面の笑みで貴族になった俺を祝福しているが、その本心は怒りと憎しみで満ち溢《あふ》れていることを。

「ヘッケン子爵様は、これからもヘッケン辺境伯家の一門であり続けられるとか」

「そうなりますね」

「ヘッケン子爵様は、ヘッケン辺境伯家の混乱を望んでおられませんよね？」

「一門が安定していた方が、私も嬉《うれ》しいですね」

「それが聞けて安心しましたわ」

なるほど。

貴族としてのルーザは、俺にバースの家督継承を支持してほしい。

だが女性としてのルーザは、母と同じく、今すぐにでも俺を殺したくて堪《たま》らない。

なぜなら俺が、父を誑《たぶら》かした平民である母の血を継いだ息子だから。

(となると、バースがヘッケン辺境伯家の家督を無事に継いだら危ないな)

もう用無しと思われて、ルーザは動き始めるだろう。

バースを操り、一門で俺を潰《つぶ》すべく。

さて、彼女の最終目的が本当に俺の殺害にあるのか、不謹慎だが興味があるところだ。

(いいさ、もしあんたがそうくるのなら、俺もお前を決して許さないだけだからな)

俺のせいではないが、結果的に令和日本のサラリーマンだった俺がオズワルトの体と記憶を奪ってしまったのだ。

彼はその心と記憶の奥底に、誰にも知られないように激しい感情を秘めていた。

それは、自分の母親を虐《いじ》めて早死にさせたルーザへの恨《うら》みだ。

色々とやりすぎて貴族になってしまった俺だが、別に出世などは望んでいない。

最悪、爵位など捨てても構わない。

もし貴族になった俺に手を出すというのなら、数倍にして仕返しをしてやる。

それが俺にできる、オズワルトへの唯一の贖罪《しょくざい》なのだから。

「ルーザ殿、それでは失礼します」

「王都でのご活躍をお祈り申し上げております。あっ、そうそう。今さらヘッケン子爵様に媚《こび》を売ろうとする卑《いや》しい方々がいますが、まさかそれを受け入れたりはしませんよね？」

「どのような方々か知りませんので、なんとも言えませんが……」

「老婆心《ろうばしん》ながら、以前ヘッケン子爵様に無礼な言動を働いていた、青い血が薄い方々です。万が一にもないとは思いますが、仲良くなされてもろくなことはありませんよ」

「それはわざわざ御忠告ありがとうございます」

俺が突然子爵に叙爵された結果、ゾメス、セルドリック、ミハイルとその母親と祖父である重臣たちは顔面蒼白《そうはく》になったはずだ。

散々バカにしていた俺が、自分たちよりもはるかに偉くなってしまったのだから。

ルーザとしては、ゾメスたちが俺に媚を売り、ヘッケン辺境伯家の家督継承の支持を頼むことを警戒しているのであろう。

「万が一にも、仲良くすることはあり得ませんが」

「それはよろしゅうございました」

これまで散々俺をバカにして、食べ物に毒を混ぜ、落馬事故を仕組んだかもしれない者たちなのだ。

今さら媚《こ》びてこられても気分が悪いだけだ。

ルーザと別れた俺が屋敷を出て『飛行』で王都に向かおうとすると、またも突然声をかけられた。

なんと声の主は、ルーザの忠告どおり、ゾメス、セルドリック、ミハイルとその母親たちであった。

「やあ、オズワルト。子爵への叙爵おめでとう。俺はお前の優れた才能に気がついていたから不思議に思わなかったけどな」

「ヘッケン辺境伯家の一門か。お前がいれば、ヘッケン辺境伯家も安泰だよ」

「俺とオズワルト、一門に二人も魔法使いがいるなんて。同じ魔法使い同士、ヘッケン辺境伯家繁栄のために是非仲良くしないとな。今度、教会本部に用事があるお祖父《じい》様に同行するので王都に行くんだ。友好を深めるために晩餐《ばんさん》会に招待するよ」

「……」

世の中には、記憶力と羞恥心《しゅうちしん》がない人間が本当に存在するのだな。

　これまで散々俺をバカにして、危害まで加えてきたのに、いきなりの手の平返しで俺と仲良くできると思っているのだから。

　間違いなく彼らの本音は、平民の血が流れる俺を見下しているのだろう。

　自分たちが友好的な態度を示したのだから、俺がそれを受け入れて当たり前だと思っている。

　なぜなら、自分たちは俺に譲歩したと思っているからだ。

「そうね、兄弟は仲良くしないと。ヘッケン辺境伯家の従士長を代々務《つと》めるリフト家と仲良くすることは、ヘッケン辺境伯家のためになるのだから。オズワルトもそう思うでしょう？」

「野蛮《やばん》な武官と仲良くしてもね。オズワルトは、ヘッケン辺境伯家の財政を握るデーナー家と仲良くすべきなのよ」

「貴族になったオズワルトは、汚いお金を扱うデーナー家となんて仲良くできないわ。領内の教会を差配し、王都の本部との繋がりも深いベン家と仲良くすべきだと思うわ」

　子供が子供なら、母親も母親だな。

まあいい。

俺は父にヘッケン辺境伯家の家督を継ぐのはバースでいいと断言したし、彼が家督を継ぐまではルーザとの関係を悪くするわけにはいかない。

バースを押し退《の》けてヘッケン辺境伯家の家督を狙《ねら》うこいつらと、無理に仲良くする必要なんてないのだから。

(父、ルーザ、バースとしても、俺とこいつらが仲良くしても困るだろうからな。そんな気は微塵《みじん》もないが……)

「さっきから、誰に対してそのような無礼な口を利いているのです？」

「オズワルト……」

俺の口調に、ミハイルが絶句する。

「確かに私たちは血を分けた兄弟かもしれませんが、今はその身分に大きな差があるのです。リューク王国から正式に子爵に任じられたこの私を呼び捨てとは……。家臣の血を引く半貴族とは、このようにマナーのなっていない無教養な方々なのですね」

ルーザは気に入らない女だが、さすがはアモス伯爵家の人間だ。

たとえ俺を殺したいほど憎くても、すぐに『ヘッケン子爵様』と呼んでいた。

だがこいつらは駄目だな。

身分を笠《かさ》に着て威張るようなことはしたくないのだが、ゾメスたちも弁《わきま》えないと、あとで大恥《おおはじ》をかくのは父と自分たちなのだから。

「その点、ルーザ様は弁えておられます。さすがは、アモス伯爵家の血を引くだけのことはある。ヘッケン辺境伯家の家督は、その息子であるバース兄が一番相応《ふさわ》しいのでしょうね。では、失礼します」

「ヘッケン子爵様！　それはその……」

「ヘッケン辺境伯家の家督は……」

「ヘッケン子爵様！　私たちのお話を！」

彼らの言い訳なんて聞いても時間の無駄なので、『飛行』でその場から飛び去った。

これまでの恨みを晴らすべく言いたい放題言ってやったが、あいつらの悔しそうな顔といったら。

オズワルトも、これで少しは気が晴れたのかな？

さて、これから王都で住む家に引っ越さないといけないし、子爵になったのでライオネルとミーア以外にも、人をある程度雇わないと。

上級学校への挨拶《あいさつ》と、宮廷魔導師にもなったので、上司や同僚にも挨拶に行かなければ。

これから少し忙しい日々が始まるが、ようやくヘッケン辺境伯領を出られたのだ。

この第二の人生を、平和安定安全に生きていきたいものだ。


「陛下《へいか》、この度のリューク王国とサッパーズ帝国との戦、とんでもない結果になりましたな」

「我が国としては、サッパーズ帝国が周辺の国々や独立領に手を出す余力がなくなり、万々歳じゃないか」

「ルード皇子や多くの彼を支持する貴族たちを討ったオズワルト・フォン・ヘッケン。成人したばかりなのに、恐ろしい魔法の使い手ですな。陛下とどちらがお強いのでしょうか？」

「今はまだ俺だが、数年後はわからないな。だが、彼はリューク王国の貴族だ。我が国と国境を接しているわけでもないし、サッパーズ帝国をボロボロにしてくれて助かったぜ。早速隣の独立領主ビリュメル伯爵の領地に攻め入り、これを併合することにしよう。どうせサッパーズ帝国には介入する余裕もないだろうからな。まったく、うちのような小国が生き残るのは大変だぜ」

「ですが、こうやって徐々に国を大きくしていけば、いつかは……」

「ワース大陸統一ってか。俺ももう年だし無理なんじゃないか？　それにまずは、小さなところからコツコツとだ」

せっかくオズワルトという、面白い才能を見つけたんだ。

こいつがどこまで魔法使いとして強くなるのか見極めて、そのあとは……。

（オズワルト、お前は俺を殺してくれるのか？）

それに期待して、今は俺の国が生き残れるように最善の手を打とうではないか。

ハルキ文庫

わ5-1

社《しゃ》畜《ちく》転《てん》生《せい》 貴族《きぞく》の五男《ごなん》

著者 Y.A《わいえー》

2024年11月18日第一刷発行

発行者 角川春樹

発行所 株式会社角川春樹事務所
〒102-0074 東京都千代田区九段南2-1-30 イタリア文化会館

電話 03(3263)5247(編集)
03(3263)5881(営業)

印刷・製本 中央精版印刷株式会社

フォーマット・デザイン 芦澤泰偉
表紙イラストレーション 門坂 流

ISBN978-4-7584-4678-5 C0193 ©2024 Y.A Printed in Japan
http://www.kadokawaharuki.co.jp/[営業]
fanmail@kadokawaharuki.co.jp[編集] ご意見・ご感想をお寄せください。